U0085691

書山有路勤為徑

學海無崖苦作舟

書山有路勤為徑
學海無崖苦作舟

那些年我們曾熟悉的情詩，情事

錦瑟

錦瑟無端五十弦，一弦一柱思華年。
莊生曉夢迷蝴蝶，望帝春心託杜鵑。
滄海月明珠有淚，藍田日暖玉生煙。
此情可待成追憶，只是當時已惘然！

李商隱

目 contents 錄

情詩賞析

目 contents 錄

經典愛情故事

情詩賞析

關雎

詩經

關關雎鳩，①　在河之洲。②
窈窕淑女，③　君子好逑。④
參差荇菜，⑤　左右流之。
窈窕淑女，　寤寐求之。⑥
求之不得，　寤寐思服。⑦
悠哉悠哉，⑧　輾轉反側。⑨
參差荇菜，　左右采之。
窈窕淑女，　琴瑟友之。
參差荇菜，　左右芼之。⑩
窈窕淑女，　鐘鼓樂之。

(1) 關關雎鳩：水鳥相和的聲音。雎鳩：音雎ㄐㄩ鳩ㄐㄧㄡ，水鳥。

(2) 河：指黃河。洲：水中的沙渚地。

(3) 窈：善心。窕：貌美。窈窕（ㄧㄠˇ ㄊㄧㄠˇ）淑女是指德容兼備的女子。

(4) 君子：詩經中的君子，多指具王公貴族身分者。逑，音逑ㄑㄧㄡˊ，配偶。

(5) 荇菜：荇音荇ㄒㄧㄥˋ，一種水生植物，可食用。

(6) 寤：清醒。寐：睡覺。寤寐（ㄨˋ ㄇㄟˋ）求之，是說無時無刻都想著要去追。

(7) 思：語助詞。服：思念。

(8) 悠哉悠哉：比喻思念極為深長。

(9) 輾轉反側：因思念至深而翻來覆去無法入睡。

(10) 采：即「採」字。芼：芼音芼ㄇㄠˋ，摘採。

【賞析】

〈關雎〉是《詩經》中的第一首詩。詩以即物起興開首。雎鳩屬鵰類，從「關關」的鳴叫聲中，能清晰地判斷出這是雌雄相伴的雎鳩在河中小洲上嘻戲和鳴。作者似乎在注意著雎鳩，其實，他從雎鳩鳴叫的方向，看見了一位窈窕淑女，他傾慕著，凝視著，心神俱醉，只覺得她幽雅嫻靜，儀態萬千。

於是，頓時萌發了「君子好逑」的念頭。想找個好的配偶，原是每一個年輕人共有的心願，但他卻沒有直接向她提出來，只是望著、想著而不敢向她靠近，但又捨不得馬上離開。他看到開著黃花的荇菜，擺動流蕩，在她的身旁被她採下了，在她優雅的動作中他越看越是愛慕，然而還是不敢向她致意。時間久了，又恐引起她的嗔怪，只好怏怏離去。

然而姑娘採摘荇菜的印象，在他的腦海中一再浮現：她左右採摘，俏麗動人，映象是那樣鮮明。他怎能不思念，怎能不追求呵；然而追求並不能馬上成功，於是苦苦相思的意念，日夜煎熬著他：「窈窕淑女，寤寐求之。求之不得，寤寐思服。悠哉悠哉，輾轉反側。」這裡集中表達了他追求的情思。

儘管這追求很艱苦，但他充滿著信心，表示一定要用琴瑟之音來親近她，感動她，要用鐘鼓之樂來打動她，使她喜愛他。此詩構思很精巧，如初見淑女時，不寫荇菜，而寫回去後在腦海中一再浮現她採摘荇菜的鏡頭。

「左右流之」，「左右采之」，「左右芼之」，逐步深入，層次分明。與後面的「寤寐求之」，「琴瑟友之」，「鐘鼓樂之」相呼應。而「參差荇菜」一句，反覆吟詠，則在流轉迴環的聲韻中加深其情。又如「關關雎鳩」是直接描寫聲音，「鐘鼓樂之」則是間接表現聲音，一虛一實，前後呼應，都是借助其聲來傳達愛戀之心音。前人認為此詩「發乎情，止乎禮義」，故置於卷首。在今天日趨開放的風氣下，儘管可感受的角度不同，但作為一篇佳作，則是肯定的。

子夜歌

南朝樂府民歌

宿昔不梳頭，①絲髮披兩肩。婉伸郎膝上，何處不可憐？②
攬枕北窗臥，郎來就儂嬉。小喜多唐突，相憐能幾時？③
氣清明月朗，夜與君共嬉。郎歌妙意曲，儂亦吐芳詞。④

(1) 宿昔：夜晚的意思。

(2) 憐：憐愛，憐人。

(3) 意指夫妻房中嬉樂的情形，雖然快樂又怕這份愉悅不知能維持多久？

(4) 此形容夫妻間的愉悅，郎才女貌夫唱婦隨。

【賞析】

在我們這個長期封建的國度裡，文學作品中對於男女情愛的描寫往往僅止於琴傳密意、眼送秋波之類。漢民族似乎喜歡那麼一種意傳神會的表達方式。儘管男女情愛的種種狀況在生活中量普遍地存在

著，但在封建道德觀念的束縛下，人們並不願意刻意地去表現它。坦率地反映純真而健康的男女情愛生活的文學作品，在中國真是太少了！

此篇所選三首，均為描寫男女情愛場面的詩。第一首角度從頭髮來寫：女主人公因不梳頭而「絲髮披兩肩」。絲髮又婉伸郎膝之上，可見兩人親暱之狀。結語云「何處不可憐？」可憐即可愛之意。此句流露出一種自我憐愛誇耀口吻，這是兩情交好之時女方向男方的嬌嗔之詞。

第二首男女雙方的嬉鬧：首句「攬枕北窗臥」，入題。次句「郎來就儂嬉」，表現一股活潑的意韻。第三句「小喜多唐突」一轉，嬉鬧之中因多所「唐突」而產生了矛盾。末句隨即釋然了：「相憐能幾時？」相互憐愛又能有幾多時呢？此句表明相戀的雙方對於前途似乎也難有確定的把握。全首起承轉合，章法整密，意韻生動活發，而結語則透出一脈隱隱的憂愁。

第三首寫月夜中男女雙方在一起唱歌和樂的情形。夜既閒暇，又兼氣清月朗，季候可人，郎歌妙意，儂吐芳詞，愉悅之情，沁人心脾。

愛，是一種心靈的感應。這種心靈的感應便是透過文化的因素和審美的因素來進行的。文化和審美的因素使得人類的兩性之愛，超越了純動物本能式的反應，在一種自然要求中滲透了社會的因素，因而使得一種自然範疇中的行為變成了一種社會範疇中的行為。文化，特別是審美，使得愛散發出一種絢麗多姿的光采。

審美，不僅是對於男女雙方外在形貌的欣賞，而且還更在於對愛戀者內在氣質的醉心。腹有詩書氣

自華，這種內在氣質又在很大程度上是由文化的因素所決定的。審美，還有於愛戀雙方共同進行的文學的、藝術的以及對自然美加以欣賞的審美活動。在這種共同進行的審美活動中，兩顆心靈所進行的正是一種有著美的光華的感情的交流。這種交流，使得兩顆心貼近了，也沉醉了。

行行重行行

古詩十九首

行行重行行，① 與君生別離。
相去萬餘里，各在天一涯；
道路阻且長，會面安可知！
胡馬依北風，② 越鳥巢南枝。③
相去日已遠，衣帶日已緩；④
浮雲蔽白日，⑤ 遊子不顧反。⑥
思君令人老，歲月忽已晚。⑦
棄捐勿復道，⑧ 努力加餐飯！

⑴ 行行重行行：走個不停的意思。

⑵ 胡：即漢朝北方的邊患匈奴。依，依戀。

⑶ 越：指南方的百越。

⑷ 緩：寬鬆。衣帶逐漸寬鬆，表示人日漸消瘦。

⑸ 浮雲蔽白日：比喻遊子的心有所迷惑，就像陽光被浮雲遮住一般。

⑹ 顧：想。

⑺ 歲月忽已晚：歲月飄忽，轉眼間又居歲末。

⑻ 捐：丟棄。

【賞析】

東漢末年，是一個非常黑暗、離亂的時代。多少人為生活所迫而離鄉背井飄零四方，多少恩愛伉儷被拆散分離！然而，這一切又豈能阻止人們心靈深處對愛情的熱望呢？

活人的分離未必皆為極悲，唯有空間浩浩無邊和時間綿綿無期的戀人離散才是最痛切的悲！同時，「最深摯的愛，既非空間所能改變，亦非時間所能磨滅。」本詩正是分別從時空著筆，描寫了女子對遠離久別的悲哀和對遊子的無盡思念。

全詩分為三部分。第一部分為起首六句，是女子追憶當日離別時，自己目送遊子，至其消失於天際後的情景及想像，著意刻畫空間之遙及由此產生的悽惻思情。首句即映現出一種「行行重行行」的持續反覆、虛實結合的長距動態鏡頭。實，即目睹遊子不停前行、越趨渺遠並最終消失的動態背影。虛，即眼前景狀在其心中漫無涯際、毫無歸宿的延伸，進而拓展出「相去萬餘里，各在天一涯」這一極為巨大的虛想分離空間。

同樣，「道路阻且長」即是眼前遊子留下的那段崎嶇蜿蜒道路的實景，又是想像的不斷馳騁；同時，這「阻」不僅指道路艱難，而且隱指社會因素構成的險阻，潛叶出自己從之不得的衷情。由於詩人虛置了如此遼遠的離別空間並寓以「言外之意」，故很自然地使女子極為不忍而又不得不發出「與君生別離」、「會面安可知」的揪心悲嘆，在嚴酷現實與意願的激烈衝突中透露出無限淒愴，使意境的感染力度更為巨大。

「胡馬」及以下七句是全詩第二部分，「胡馬」、「越鳥」句是古代常用的比興；北馬南來後仍依戀北風，南鳥北飛後仍巢於南向的枝幹。言下之意，鳥獸尚且不為空間阻隔而思舊不已，而我的情人卻為何久久不歸呢？這就承上啟下、天衣無縫地將筆觸轉到分離時間之無期的描寫上來，一層層地抒發其久別思深的心情。「相去」句指久別；「衣帶」句指思深為之日漸消瘦。這樣，由久別而致思深，進而再致猜疑就是很自然的了：像白日被浮雲遮沒一樣，情人大概為新歡所纏而遲遲不思歸來吧？這是其愛極思深心態的婉曲反映。衣帶漸緩尚係小事，而因「思君」造成的容顏老衰卻無法復初啊！這便使其

極為悲愴地發出「歲月忽已晚」的哀嘆：不覺一年又將過去，自己年華老大，究竟要盼到何時呢？正是「老期將至，可堪多少別離耶？」惆悵淒苦之情在杳杳無期的時間中發展到了極點！

全詩末兩句為第三部分：女子終於將無盡的離愁擱置一邊，愁思的陡轉；而祝願遊子多自保重愛情的遞展，更見其情深不渝。

新嫁娘

王建

三日入廚下，①　洗手作羹湯；
未諳姑食性，　先遣小姑嘗。②

(1) 三日入廚，古代女子嫁後第三天，俗稱「過三朝」，依照習俗就要下廚做菜，操作一般家事。

(2) 「諳（音氨ㄢ）」，熟悉。「姑食性」，婆婆的口味。末句說小姑是知道她母親的「食性」的，所以請她先嘗嘗味道。

【賞析】

「三日入廚下，洗手作羹湯。」古代女子嫁後的第三天，俗稱「過三朝」，依照習俗要下廚房做菜。「三日」，正見其為「新嫁娘」。「洗手作羹湯」，「洗手」標誌著第一次用自己的雙手在婆家開始她的家庭操作，表現新媳婦鄭重其事，力求做得潔淨爽利。但是，婆婆喜愛什麼樣的飯菜，對她來說尚屬未知數

粗心的媳婦也許憑自己的口味，自以為做了一手好菜，實際上公婆吃起來卻為之皺眉呢！因此，細心聰慧的媳婦，考慮就深入了一步，她想事先掌握婆婆的口味，要讓第一回上桌的菜，就能使婆婆滿意。

「未諳姑食性，先遣小姑嘗」這是多聰明、細心，甚至帶有點狡黠的新嫁娘！她想出了很妙的一招讓小姑先嘗嘗羹湯。為什麼要讓小姑先嘗？因為廚房是小姑經常出入之所，羹湯做好之後，要想得到能夠代表婆婆的人親口嘗一嘗，則非小姑不可。所以，從「三日入廚」，到「洗手」，到「先遣小姑嘗」，不僅和人物身分，而且和具體的環境、場所，一一緊緊相扣。清代詩人沈德潛評論說：「詩到真處，一字不可易。」

讀這首詩，人們對新嫁娘的聰明和心計無疑是欣賞的，詩味也正在這裡。新嫁娘所循的，實際上是這樣一個推理過程：

一、前提：長期共同生活，會有相近的食性；

二、小姑是婆婆撫養大的，食性當與婆婆一致；

三、所以由小姑的食性可以推知婆婆的食性。

而在這首詩中，因為它和新嫁娘的靈機慧心，和小姑的天真，以及婆婆反將入於新嫁娘彀中等情事聯繫在一起，才顯得富有詩意和耐人尋味。像這樣的詩，在如何從生活中發現和把握有詩意的題材方面，似乎能夠給我們一些啟示。

閨怨

王昌齡

閨中少婦不知愁，① 春日凝妝上翠樓。②
忽見陌頭楊柳色， 悔教夫婿覓封侯。③

(1) 劉永濟《唐人絕句精華》中注：「不曾」。「不曾」與凝妝上樓，忽見春光頓生孤寂之感，因而引起懊悔之意，相貫而有力。

(2) 凝妝：盛妝，即妝飾。

(3) 覓封侯：從軍，求官。

【賞析】

按題意要求，「怨」字是全詩的主旨。但詩人卻從反面落筆，寫「閨中少婦不知愁」；在明媚的春日，精心地梳妝打扮，顯得雍容華貴，（凝妝，即嚴妝、盛妝、濃妝。）走上沐浴著春光的翠樓觀賞春景。「春日」、「凝妝」、「翠樓」，色彩絢爛明麗，好一幅「美人春眺圖」！

顯然，丈夫的出征遠行，並沒有改變她愛美的生活情趣。這不僅因為她是「少婦」還年輕「不識愁滋味」；也不僅因為她有著華美的「翠樓」，物質生活優裕安逸；主要的是她有著丈夫雖遠離而仍保持的平衡心理，「夫婿覓封侯」是使她感到自豪、引為驕傲的榮耀之舉。

從初唐到天寶以前，唐王朝進行了一連串的東征西討，在大破突厥、戰勝吐蕃、降服回紇的時代裡，從豪門望族到文人寒士、直至市井小民，去邊塞親歷弓馬兵刀以求功名，為許多人所嚮往。「丈夫誓許國」（杜甫）、「將軍天上封侯印」、「功名只向馬上取」（岑參）是當時社會的共同心態。詩中「春日凝妝上翠樓」的無憂無慮的少婦情形，正是這種社會心理的「外化」，雖然其中摻雜著對功名利祿的庸俗追求，卻融匯著昂揚向上的盛唐氣象。

第三句「忽見」是全詩的大轉折。路邊的柳色震動了她，她後悔為了虛榮而辜負了彼此的青春年華。從「不知愁」到結句的「悔」，發生在稍縱即逝的「忽」的瞬間。為何少婦瞬間的感情落差如此之大？由柳色引起的聯想是促進這一心理過程快速流變的催化劑。

通常，楊柳的婀娜多姿，楚楚動人，帶來了春色，使人心境愉悅。暫時失去丈夫的少婦，由此聯想

到遠離的丈夫。聯想到折柳送別的場面，或由蒲柳易衰聯想到紅顏難駐。這樣的聯想如閃電那樣迅捷，亦如閃電那樣以耀眼的光芒，把她過去為追求「封侯」而付出辜負青春年華的代價照得透亮，她掂出了追求和代價各自的分量。於是，她心靈的天平急遽地向現實人生傾斜，她深深後悔：「悔教夫婿覓封侯」。這樣看來，〈閨怨〉的「怨」，不僅僅是思婦因離別而「怨」，更確切地說，是少婦在反思、追悔、自責，是她對自己過去勸說「夫婿覓封侯」這一行為的抱怨和否定，是自怨自艾。在這個意義上，〈閨怨〉給予人啟迪：追求功名利祿並不能帶來人生的幸福。

相思

王維

紅豆生南國，　　春來發幾枝？
願君多採擷，　　此物最相思。

【賞析】

紅豆產於南方，結實鮮紅渾圓，晶瑩如珊瑚，南方人常用以鑲嵌飾物。傳說古代有一位女子，因丈

夫死在邊地，哭於樹下而死，化為紅豆，於是人們又稱呼它為「相思子」。

「南國」（南方）即是紅豆產地，又是朋友所在之地。首句以「紅豆生南國」起興，暗逗下文的相思之情。語極單純，而又富於形象。次句「春來發幾枝」輕聲一問，承得自然，寄語投問的口吻顯得分外親切。然而單問紅豆春來發幾枝，是意味深長的，這是選擇富於情味的事物來寄託情思。

第三句緊接著寄意對方多採擷紅豆，仍是言在此而意在彼。以採擷植物來寄託懷思的情緒，是古典詩歌中常見手法，如漢代古詩：「涉江採芙容，蘭澤多芳草，採之欲遺誰？所思在遠道。」即著例。「願君多採擷」似乎是說：「看見紅豆，想起我的一切吧。」暗示遠方的友人珍重友誼，語言懇摯動人。這裡只用相思囑人，而自己的相思則見於言外。用這種方式透露情懷，婉曲動人，語意高妙。

宋人編《萬首唐人絕句》，此句「多」字作「休」。用「休」字反襯離情之苦，因相思轉怕相思，當然也是某種情況的人情狀態。用「多」字則表現了一種熱情洋溢、一往情深的濃郁情調。此詩情高意真而不傷纖巧，與「多」字關係甚大，故「多」字比「休」字更好。末句點題，「相思」與首句「紅豆」呼應，既是切「相思子」之名，又關合相思之情，有雙關的妙用。「此物最相思」就像是說：只有這紅豆才最惹人喜愛，最叫人忘不了呢。這是補充解釋何以「願君多採擷」的理由。而讀者從話中可以體會到更多的東西。詩人真正不能忘懷的，不言自明。一個「最」字，意味極深長，更增加了雙關言中的含蘊。

全詩洋溢著少年的熱情，青春的氣息，滿腹情思始終未曾直接表白，句句話兒不離紅豆，而又「超

以象外，得其圜中」，把相思之情表達得入木三分。全詩「一氣呵成，亦須一氣讀下」，極為明快，卻又委婉含蓄。在生活中，最情深的話往往樸質無華，自然入妙。王維很善於提煉這種素質而以典型的語言來表達深厚的思想感。所以此詩語淺情深，當時就成為流行名歌是毫不奇怪的。

離思

元稹

曾經滄海難為水，①　除卻巫山不是雲；②
取次花叢懶回顧，③　半緣修道半緣君。④

(1) 曾經：比喻閱歷已多，眼界闊大。

(2) 巫山：在今四川巫縣。宋玉〈高唐賦〉及〈神女賦〉，傳有楚懷王與襄王夢與巫山神女薦寢（指女子獻身侍寢）之事，後世遂言男女幽會曰巫山，雲雨，皆賦中語。

(3) 取次：有「隨便」、「草草」諸義。回顧：流連盼顧。

(4) 緣：因，由於。

【賞析】

此為元稹悼念亡妻韋叢所作。運用「索物以託情」的比興手法，以精譬的詞句，讚美了夫妻之間的恩愛，表達了對韋叢的忠貞與懷念之情。

首二句「曾經滄海難為水，除卻巫山不是雲」，是從《孟子．盡心》篇「觀於海者難為水，遊於聖人之門者難為言」變化而來的。滄海無比深廣遼闊，因而使別處的水相形見絀。巫山有朝雲峰，下臨長江，雲蒸霞蔚氣象萬千。據宋玉〈高唐賦序〉說，其雲為神女所化，上屬於天，下入於淵，茂如松榯，美若嬌姬。因而，相形之下，別處雲就黯然失色了。「滄海」、「巫山」，是世間至大至美的形象，詩人引以為喻，從字面上看是說經歷過「滄海」、「巫山」，對別處的水和雲就難看上眼了，實則是用來隱喻他們夫妻之間的感情有如滄海之水和巫山之雲，其美妙與驚豔是世間無與倫比的，因而除愛妻之外，再沒有能使自己動情的女子了。

第三句說自己信步經過「花叢」，懶於顧視，表示他對女色絕無眷戀之心了。

第四句即承上說明「懶回顧」的原因。既然對亡妻如此深情，這裡為什麼卻說「半緣修道半緣君」呢？元稹平生是尊佛奉道的。另外，這裡的「修道」，也可以理解為專心於品德學問的修養。然而，尊佛奉道也好，修身治學也好，對元稹來說，都不過是心失所愛、悲傷無法解脫的一種感情上的寄託。

元稹這首絕句，不但取譬極高，抒情強烈，而且用筆極妙。前兩句以極致的比喻寫懷舊悼亡之情，「滄海」、「巫山」，詞意豪壯，有悲歌傳響、江河奔騰之勢。後面，「懶回顧」、「半緣君」，頓使語

勢舒緩下來，轉為曲婉深沉的抒情。張弛自如，變化有致，形成一種跌宕起伏的旋律。而就全詩情調而言，言情而不庸俗，瑰麗而不浮豔，悲壯而不低沉，創造了唐人悼亡絕句中的絕勝境界。「曾經滄海」二句尤其為人稱誦。

後宮詞

白居易

淚濕羅巾夢不成，夜深前殿按歌聲；①
紅顏未老恩先斷，斜倚薰籠坐到明。②

⑴ 按，按拍節。

⑵ 薰籠：覆蓋薰香的竹籠，用以薰衣服、羅帕。

【賞析】

這是一首宮怨的詩，詩的主人公是一位不幸的宮女。她一心盼望君王的臨幸而終未盼得，時已夜深，只好上床，已是一層怨悵。寵幸之不可得，退而求

之好夢；輾轉反側，竟連夢也難成，見出兩怨悵。夢既不成，索性攬衣推枕，掙扎坐起。正當她愁苦難忍，淚濕羅巾之時，前殿又傳來陣陣笙歌，原來君王正在那尋歡作樂，這就有了三層怨悵。倘使人老珠黃，猶可解說；偏偏她宮鬢堆鴉，紅顏未老，生出四層怨悵。要是君王一直沒有發現她，那也罷了；事實是她曾受過君王的恩寵，而現在這種恩寵卻無端斷絕，見出五層怨悵。夜已深沉，瀕於絕望，但一轉念，猶冀君王在聽歌賞舞之後，會記起她來。於是，斜倚薰籠，濃薰翠袖，以待召幸。不料，一直坐到天明，幻想終歸破滅，見出六層怨悵。一種情思，六層寫來，盡纏綿往復之能事。

全詩卻一氣呵成，如筍破土，苞節雖在而不露；如繭抽絲，幽怨似縷而不絕。短短四句，細膩地表現了一個失寵宮女複雜矛盾的內心世界。夜來不寐，等候君王臨幸，寫其希望；聽到前殿歌聲，君王正在尋歡作樂，寫其失望；君恩已斷，仍斜倚薰籠坐等，寫其苦望；天色大明，君王未來，寫其絕望。淚濕羅巾，寫宮女的現實；求寵於夢境，寫其幻想；恩斷而仍坐等，寫其癡想；坐到天明仍不見君王，再寫其可悲的現實。全詩由希望轉到失望，由失望轉到苦望，由苦望轉到最後絕望；由現實進入幻想，由幻想進入癡想，由癡想再跌入現實，千迴百轉，傾注了詩人對不幸者的深摯同情。

閨意獻張水部①

朱慶餘

洞房昨夜停紅燭，待曉堂前拜舅姑；②
妝罷低聲問夫婿，畫眉深淺入時無？③

(1) 題一作〈近試上張籍水部〉。「張水部」，即張籍，曾官水部郎中。這首詩是作者在將近考試之期寫的。藉閨房情事來隱喻考試，自比新娘，把張籍比作新郎，舅姑比作主考官。

(2) 洞房，新婚時夫妻所睡之臥室。「舅姑」，丈夫的父母。「停」：停留，不吹滅，通夜長明之意。

(3) 畫眉，《漢書．張敞傳》記張敞為妻畫眉，當時傳為佳話。後世常以「畫眉」指夫婦間「閨房之樂」。「深淺」，濃淡。「入時無」，問是否夠時髦，這是藉喻文章是否合式。

【賞析】

以夫妻或男女愛情關係比擬君臣以及朋友、師生等其他社會關係，乃是我國古典詩歌中從《楚辭》

就開始出現並在其後得到發展的一種傳統表現手法。此詩也是用這種手法寫的。

這首詩又題為〈試上張水部〉。這另一個標題可以幫助讀者明白詩的作意。唐代應進士科舉的士子有向名人行卷的風氣，以希求其稱揚和介紹於主持考試的禮部侍郎。朱慶餘此詩投贈的對象，是官水部郎中的張籍。張籍當時以擅長文學而又樂於提拔後進與韓愈齊名。朱慶餘平日向他行卷，已經得到他的賞識，臨到要考試了，還怕自己的作品不一定符合主考官的要求，因此以新婦自比，以新郎比張，以公婆比主考官，寫下了這首詩，徵求張籍的意見。

古代風俗，頭一天晚上結婚，第二天清早新婦才拜見公婆。此詩描寫的重點，乃是她去拜見之前的心理狀態。

首句寫成婚。洞房，這裡指新房。停紅燭，即讓紅燭點著，通夜不滅。次句寫拜見。由於拜見是件大事，所以她一大早就起了床，在紅燭光照中妝扮，等待天亮，好去堂前行禮。這時，她心裡不免有點嘀咕，自己的打扮是不是合乎時宜呢？能不能討公婆的喜歡呢？因此，後半便接寫她基於這種心情而產生的言行。在用心梳好妝，畫好眉之後，還是覺得沒有把握，只好問一問身邊丈夫的意見了。由於是新娘子，當然帶點羞澀，而且，這種想法也不好大聲說出，讓旁人聽到，於是這低聲一問，便成為極其合情合理的了。這種寫法真是精雕細琢，刻畫入微。

僅僅作為「閨意」，這首詩已經是非常完整、優美動人的了，然而作者的本意，在於表達自己作為一名應試舉子，在面臨關係到自己政治前途的一場考試時所特有的不安和期待。應進士科舉，對於當時的知識分子來說，乃是和女子出嫁一樣的終身大事。如果考取了，就有非常廣闊的前途，反之，就可能落魄一輩子。

這也正如一個女子嫁到人家，如果得到丈夫和公婆的喜愛，她的地位就穩定了，處境就順當了，否則，日子就很不好過。詩人的比擬來源於現實的社會生活，在當時的歷史條件之下，很有典型性。即使今天看來，我們也不能不對他這種一箭雙鵰的技巧感到驚嘆。

朱慶餘呈獻的這首詩獲得了張籍明確的回答。在〈酬朱慶餘〉中，他寫道：

越女新妝出鏡心，自知明豔更沉吟。
齊紈未足時人貴，一曲菱歌敵萬金。

由於朱的贈詩用比體寫成，所以張的答詩也是如此。在這首詩中，他將朱慶餘比作一位採菱姑娘，相貌既美，歌喉又好，因此，必然受到人們的讚賞，暗示他不必為這次考試擔心。

這是進一步打消朱慶餘「入時無」的顧慮，所以特別以「時人」與之相對。朱的贈詩寫得好，張也答得妙，可謂珠聯璧合，千年來傳為詩壇佳話。

春思①

五言古詩

燕草如碧絲，秦桑低綠枝；
當君懷歸日，是妾斷腸時。②
春風不相識，何事入羅幃？③

(1) 本篇寫丈夫遠戍燕地，妻子留居秦中，對著春天景物思念遠人，想像遠人也正在想家。

(2) 這四句大意：當燕草細嫩如絲的時候，秦地的桑葉已經很茂密，使得枝條低垂了。兩地春來遲早不同，而春光逗引人的相思卻是一樣的。

(3) 末兩句寫少婦孤眠獨宿。晉『子夜四時歌．春歌』：「春風復多情，吹我羅裳開。」李白用「不相識」、「何事」反詰語氣，更見天真活潑。

【賞析】

在我國古典詩歌中，「春」字往往語帶雙關。它既指自然界的春天，又可以比喻青年男女之間的愛

情。詩題「春思」之「春」，就包含著這樣兩層意思。

「燕草如碧絲」，當是出於思婦的懸想；「秦桑低綠枝」，才是思婦所目睹。把目力達不到的遠景和眼前近景配置在一幅畫卷：仲春時節，桑葉繁茂，獨處秦地的思婦觸景生情，終日盼望在燕地行役屯戍的丈夫早日歸來；她根據自己平素與丈夫的恩愛相處和對丈夫的深切了解，料想遠在燕地的丈夫此刻見到碧絲般的春草，也必然會萌生思婦的念頭。

見春草而思婦，語出《楚辭．招隱士》：「王孫遊兮不歸，春草生兮萋萋！」首句化用《楚辭》語，渾成自然，不著痕跡。詩人巧妙地把握了思婦複雜的感情活動，用兩處春光，兩地相思，把想像與懷憶和眼前真景融合起來，據實構虛，造成詩的妙境。所以不僅產生了一般興句所能起的烘托感情氣氛的作用，而且還把思婦對於丈夫的真摯感情和他們夫妻之間心心相印的親密關係傳寫出來了，這是一般的興句所不易做到的。

「當君懷歸日，是妾斷腸時。」丈夫及春懷歸，足慰離人愁腸。按理說，詩中的女主人公應該感到欣喜才是，而下句竟以「斷腸」承之，這又似乎違背了一般人的心理，但如果聯繫上面的興句細細體會，就會發現，這樣寫對表現思婦的感情又進了一層。

元代蕭士贇注李白集曾加以評述道：「燕北地寒，生草遲。當秦地柔桑低綠之時，燕草方生，興其夫方萌懷歸之志，猶燕草之方生。妾則思君之久，猶秦桑之已低綠也。」這一評述，揭示了興句與所寫之詞之間的微妙關係。詩中看似於理不合之處，正是感情最為濃密所在。

舊時俗話說：「見多情易厭，見少情易變。」這首詩中女主人公的可貴之處在於闊別而情愈深，跡疏而心不移。

詩的最後兩句是：「春風不相識，何事入羅幃？」詩人捕捉了思婦在春風吹入閨房，掀動羅帳的一剎那的心理活動，表現了她忠於所愛、堅貞不二的高尚情操。從藝術上說，這兩句讓多情的思婦對著無情的春風發話，又彷彿是無理的，但用來表現獨守春閨特定環境中思婦的情態，又令人感到真實可信。春風撩人，春思纏綿，申斥春風，正所以明志自警。以此作結，恰到好處。

清平調①

李白

雲想衣裳花想容，② 春風拂檻露華濃；③
若非群玉山頭見，④ 會向瑤台月下逢。
一枝紅豔露凝香，⑤ 雲雨巫山枉斷腸；⑥
借問漢宮誰得似？ 可憐飛燕倚新妝。⑦
名花傾國兩相歡，⑧ 長得君王帶笑看；

解釋春風無限恨，　沉香亭北倚闌干。⑨

(1) 清平調詞：唐大曲中調名，李白按調製詞，故稱「清平調詞」。《松窗雜錄》：「開元中，禁中初種木芍藥，即今牡丹也。得四本紅、紫、淺紅、通白者。會花方繁開，上乘照夜白，召太真妃以步輦從人。詔特選朵園弟子中尤者，得樂十六色。李龜年以歌擅一時之名，手捧檀板，押眾樂前，欲歌之。上曰：『賞名花，對妃子，焉用舊樂詞為！』遂命李龜年宣賜翰林學士李白進『清平調詞』三章。白欣然承詔旨，援筆賦之。」

(2) 雲想句：以雲與花比楊妃衣裳容貌之美。

(3) 春風句：寫牡丹受春風露華之滋潤而盛開，以喻楊妃得玄宗之寵幸而愈增美豔。

(4) 若非二句：謂楊妃之美非人世所有。群玉山，西王母所居之地，見《穆天子傳》。會，應也。瑤台，西王母宮殿。

(5) 一枝句：寫牡丹之濃豔，以喻楊妃之美。

(6) 雲雨句：楚王遊於高唐，夢與巫山神女歡會。神女臨行致辭：「妾在巫山之陽，高丘之阻。旦為朝雲，暮為行雨。朝朝暮暮，陽台之下。」見宋玉〈高唐賦〉。句謂楚王與神女歡會，究屬虛渺，徒生惆悵。

(7) 可憐句：可憐，可愛。飛燕，趙飛燕，漢成帝皇后，以美貌著稱。

(8) 傾國：漢李延年〈佳人歌〉：「一顧傾人城，再顧傾人國」，後世遂以傾城、傾國為美人之代稱。

(9) 解釋二句：謂玄宗賞名花，對妃子，縱有春愁，亦將消釋。沉香亭，在興慶宮圖龍池東邊，亭以沉香木建成。

【賞析】

這三首詩是李白在長安供奉翰林時所作。一日，玄宗和楊妃在宮中觀牡丹花，李白奉詔而作。在三首詩中，把木芍藥（牡丹）和楊妃交互在一起寫，花即是人，人即是花，把人面花豔融一片，同蒙唐玄宗的恩澤。

「雲想衣裳花想容」，把楊妃的衣服，寫成真如霓裳羽衣一般，簇擁著她那豐滿的玉容。「想」字有正反兩面的解釋，可以說是見雲而想到衣裳，見花而想到容貌，也可以說把衣裳想像為雲，把容貌想像為花，如此交互參差，字間就給人花團錦簇之感。

「春風拂檻露華濃」，進一步以「露華濃」來點染花容，美麗的牡丹花在晶瑩的露水中顯得更加冶豔，除使上句更為酣滿外，同時也以風露暗喻君王的恩澤，使花容人面倍見豐盈。下面，詩人的想像忽又升騰到天上西王母所居的群玉山、瑤台。「若非」、「會向」，詩人故作選擇，實意肯定：這樣超絕人寰的花容，恐怕只有在天上仙境才能見到！群玉山、瑤台、月色，一色素淡的字眼，映襯花容人面，

使人自然聯到白玉般的人兒，又像一朵溫馨的白牡丹花。與此同時，詩人又露痕跡，把楊妃比作天女下凡，真是精妙至極。

「一枝紅豔露凝香」，不但寫色，而且寫香；不但寫天然的美，而且寫含露的美，比上首的「露華濃」更進一層。「雲雨巫山枉斷腸」用楚襄王的故事，把上句的花，加以入化，指出楚王為神女而斷腸，其實夢中的神女，哪及得眼前的花容面！再算下來，漢成帝的皇后趙飛燕，可算得絕代美人了，可是趙飛燕還得倚仗新妝，哪及得眼前花容月貌般的楊妃，不須脂粉便是天然絕色。這一首以壓低神女和飛燕，來抬高楊妃，藉古喻今，亦是尊題之法。相傳飛燕體態輕盈，能站在宮人手托的水晶盤中歌舞，而楊妃則比較豐肥，故有「環肥燕瘦」之語（楊貴妃名玉環）。

後人據此就編造事實，說楊妃極喜此三詩時常吟哦，高力士因李白曾命之脫靴認為大辱，事後就向楊妃進讒，說李白以飛燕之瘦，譏楊妃之肥，以飛燕之私通赤鳳，譏楊妃之宮闈不檢。若李白詩中果有此意，首先就瞞不過博學能文的玄宗，而且楊妃也不是毫無文化修養的人。據原詩來看，很明顯是抑古尊今，好事之徒，強加曲解，其實是不可通的。

第三首從仙境古人返回到現實。起首「名花傾國兩相歡，長得君王帶笑看」，「傾國」美人，當然指楊妃，詩到此處才正面點出，並用「兩相歡」把牡丹和「傾國」合為一提，「帶笑看」三字再來一統，使牡丹、楊妃、玄宗三位一體，融合在一起了。由於第二句的「笑」，逗起了第三句的「解釋春風無限恨」，春風兩字即君王之代名詞，這一句，把牡丹美人動人的姿色寫得情趣盎然，君王既帶笑，當

然無恨，恨都為之消釋了。末句點明玄宗楊妃賞花地點——「沉香亭北」。花在欄外，人倚欄杆，多麼優雅風流。這三首詩，語語濃豔，字字流葩，而最突出的是將花與人渾融在一起寫，如「雲想衣裳花想容」，又似在花光，又似在寫人面。「一枝紅豔露凝香」，也都是人、物交融，言在此而意在彼。讀這三首詩，如覺春風滿紙，花光滿眼，人面迷離，不待特意刻畫，而自然使人覺得這是牡丹，這是美人玉色，而不是別的。無怪這三首詩當時就深為唐玄宗所讚賞。

江南曲①

李益

嫁得瞿塘賈，② 朝朝誤妾期；③
早知潮有信，④ 嫁與弄潮兒。⑤

(1) 江南曲：見儲光羲〈江南曲〉注。
(2) 瞿塘賈：謂入蜀經商者。李白〈江上寄巴東故〉：「瞿塘饒賈客。」瞿塘，即瞿塘峽。
(3) 期：歸期。

(4) 潮有信：潮水漲落有定時，故稱潮信。

(5) 弄潮兒：弄潮者。弄潮亦稱迎潮，古時一種水上遊戲。《元和郡縣志》：「浙江潮每日晝夜再至，小則水漸長不過數尺，大則濤湧高至數丈。每年八月十八日，數百里士女共觀漁子泝濤觸浪，謂之弄潮。」

【賞析】

這是一首閨怨詩。在唐代，以閨怨為題材的詩主要有兩大內容：一是思征夫詞；一是怨商人語。這是有其社會背景的。由於唐代疆域遼闊，邊境多事，徵調大批將士長期戍守邊疆，同時，唐代商業已很發達，從事商品遠途販賣、長年在外經商的人也很多，這兩類人的妻子不免要獨守空閨，過著孤單寂寞的生活。這樣社會問題必然會反映到文學作品中來，抒寫她們怨情詩也就大量出現了。

這首詩以白描的手法傳出了一位商人婦的口吻和心聲。詩的前兩句「嫁得瞿塘賈，朝朝誤妾期」，所用的語言是平淡樸實，沒有作任何刻畫和烘染。我們在欣賞詩歌時會發現，有的詩句要借助於刻畫和烘染，而有的詩卻是以平實見長的。它們往往在平實中見情味，以平實打動讀者。其表現手法愈平實，愈能使讀者看到事物的真相和原貌，從而也更容易吸引讀者。

「早知潮有信，嫁與弄潮兒」兩句，突然從平地翻起波瀾，以空際運轉之筆，曲折而傳神地表達了這位少婦的怨情。根據上半首的內容，如果平鋪直敘寫下去，也許應當讓這位少婦抱怨夫婿的無信，訴說自身的苦悶；但讀者萬萬意料不到，詩人竟然讓這位少婦異想天開，忽然想到潮水有信，因而悔不嫁

給弄潮之人。這就從一個不同尋常的角度，更深刻地展現了這位少婦苦悶的心情。其實，潮有信，弄潮之人未必有信，寧願「嫁與弄潮兒」，既是痴語、天真語，也是苦語、無奈語。

這位少婦也不是真想改嫁，這裡用了「早知」二字，只是在極度苦悶之中自傷身世，思前想後，悔不當初罷了。這首詩的妙處正在其直率地表達了一位獨守空閨的少婦怨情，與其說它是無理、荒唐之想，不如說它是真切、至情之語。這裡，因盼夫婿情切，而怨夫婿之不如「潮有信」；更因怨夫婿情極，而產生悔不當初「嫁與弄潮兒」的非非之想。這一由盼生怨、由怨而悔的內心活動過程，正合乎這位詩中人的心理狀態，並不違反生活真實。

一斛珠

李煜

晚妝初過，① 沉檀輕注些兒個。②
向人微露丁香顆；③ 一曲清歌，暫引櫻桃破。④
羅袖裛⑤殘殷色可，⑥ 杯深旋被香醪⑦涴⑧。
繡床斜憑嬌無那；⑨ 爛嚼紅茸，笑向檀郎唾⑩。

⑴ 晚，呂本作「曉」。

⑵ 宋洪芻《香譜》：「江南李主帳中香法用丁香、䉶香、沉香、檀香、麝香各一兩，甲香三兩，細剉，加以鵝梨一枚，研取汁於銀器內盛卻，蒸三次，梨汁乾即用之。」

⑶ 丁香，一名雞舌香，這裡用來形容女子的舌。

⑷ 櫻桃，形容女子的小嘴。

⑸ 裛，音裛（一ˋ），沾濡的意思。

⑹ 殷，紅色。

⑺ 香醪（醪 ㄌㄠˊ），酒。

⑻ 涴，（涴 ㄨㄛˋ）污染。

⑼ 無那，無奈之意。

⑽ 刺繡所用的絲縷叫做絨，亦作「茸」。晉朝的名詩人潘安，小字檀奴，容貌很美，婦女們稱其情人為檀郎，本此。

【賞析】

這首詞是描寫大周后的。大周后是一個風流放誕的少婦，也是一位具有天才的女藝人。能歌、能

舞、能制曲，也會作詩填詞。後主在十八歲時和她結婚，感情甚篤。這一首詞，看起來，幾乎全是寫她一張嘴。

沉檀是一種香，後主宮中用香有一、二十種之多。沉檀一種，較為名貴，不僅可以灑在帳中，還可以放在嘴裡，其作用類似如今的口香糖。注者，注之於口，輕者，表示使用的動作。『些兒個』，指出使用的數量。『些兒個』一詞，是那時的白話。後主喜歡用白話入詞，李清照也如此。李清照對於五代以來詞人，蘇黃以下，並加駁斥；但對於後主卻樂於稱道。一則因為他們生活環境的變化略同，再則都喜歡用白描手法，以白話入詞，我們可稱之為詞家二李。

丁香，即雞舌香。雞舌甚小，詩詞用來形容女人的舌尖，丁香之下用一「顆」字，狀其舌頭之小。櫻桃之為物，細圓而紅。這裡用來形容周后的嘴唇。

「破」字最妙。寫周后張開她小小的朱唇，唱一曲清歌，如櫻桃之初破。尋常人用「破」字往往不雅，破口大罵的「破」，尤為不雅，但後主用的是「櫻桃破」，卻雅不可言，妙不可言。換頭兩句，寫飲酒時的姿態。

「殷」，紅色；香醪是酒，「杯深」，言盛酒之多。她的櫻唇上塗的口紅，被酒化開了，杯子的邊緣，沾上了一點一點的紅斑；修長的羅袖，拂著酒杯時，也染上殷紅的顏色。「涴」是污的意思，白居易〈琵琶行〉「血色羅裙翻酒污」，與此同妙。「無那」，猶言「無奈」；「茸」與「絨」通。這時她醉了，斜靠著床是那麼嬌憨，那麼美。最後兩句，寫出她撒嬌的樣子，多麼活、多麼真、多有趣，不就是

幅天然的圖畫嗎？

相見歡①

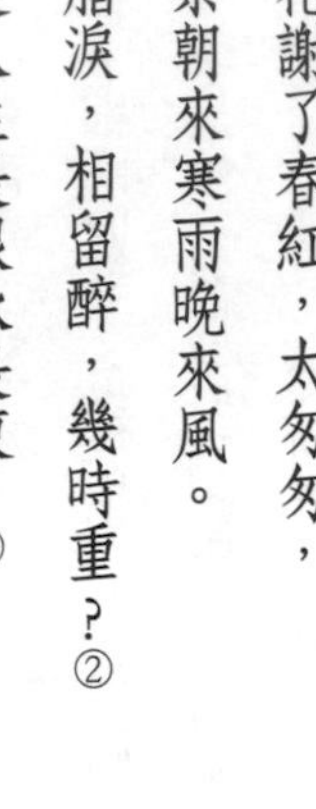

林花謝了春紅，太匆匆，
無奈朝來寒雨晚來風。
胭脂淚，相留醉，幾時重？②
自是人生長恨水長東。③

(1) 別名烏夜啼。

(2) 呂本作「留人醉」。

(3) 中國現代著名詞學家唐圭璋說：「以水之必然長東，喻人之必然長恨，語最深刻。」

【賞析】

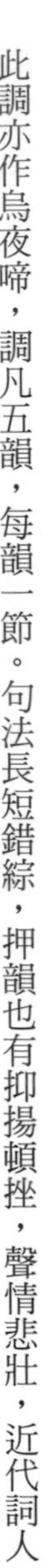

此調亦作烏夜啼，調凡五韻，每韻一節。句法長短錯綜，押韻也有抑揚頓挫，聲情悲壯，近代詞人

譚獻評為「濡染大筆」。三句三意，而又妙有連縱，一氣貫注，真是天衣無縫之筆。林花卸去了紅色的春衣，憔悴得可憐，言外有好景不常之意。「太匆匆」，表示驚嘆的語氣，有想不到謝得那樣快的意思。字面雖寫花惜花，實則寫人，而這個人正是他自己。曹彬下江南，以浮梁渡江，迅雷不及掩耳，兵臨城下，而南唐遂亡，這是出於他意想之外的。

『無奈朝來寒雨晚來風』，此就「太匆匆」三字，加以解釋，是說那無情的風雨從早到晚不斷的襲來，那有什麼辦法呢？「無奈」二字，極傳悲憤之神。這三句分三次讀，過片三句作一氣讀，亦人花雙寫之筆。「胭脂淚」，如解作血淚，則指人；解作帶雨春紅，則指花。「醉」字最沉痛，妙在醉的本身又含有紅色的意味，與血淚林花的色彩正合。後主用字，不求工而自工，令人拍案叫絕！

范仲淹詞：『除非夜夜好夢留人睡』，「睡」字用得呆，不如改作「醉」字，較為生動。

「幾時重」者，不知幾時淚又下了。後主與金陵舊宮人書。『此中日夕以淚珠洗面』，望江南詞：『少淚，斷臉復橫頤』，均極沉痛。最後一句，以水之長東，比喻人之長恨，妙在「人生長恨」上冠以「自是」兩字，可以看出，他對於悲苦的人生，已加以肯定，認為無可避免。所謂「人生愁恨何能免」也。王國維說：『後主儼有釋迦基督擔荷人類罪惡之意』，可能從這些作品看出。

相見歡①

李煜

無言獨上西樓，月如鉤。②
寂寞梧桐深院鎖清秋。
剪不斷，理還亂，是離愁，別是一般滋味在心頭。

(1)《花庵詞》選作「烏夜啼」。本詞發端有「無言獨上西樓」句，後世又名此詞為「上西樓」。

(2)近代詩人、紅學家俞平伯說：『自來盛傳「剪不斷，理還亂」以下四句，其實首句「無言獨上西樓」六字之中，已攝盡悽惋之神。』

【賞析】

開首六字，詞情悽惋，是一幅美的素描。「無言」二字，畫出了李後主負氣倔強的態度。他被羈囚在幽深的庭院，院內栽滿了青翠的梧桐，寂寞得可怕。

深院鎖清秋中的「鎖」字，意表他行動的不自由，也就可想而知了。周邦彥《清真詞》：『桐花半

畝，靜鎖一庭愁雨』，蓋從此化出。後主曾以春水形容愁多，這裡又以絲來形容愁絲，剪不斷，越理卻越亂，這種滋味，非身歷其境者不能寫出。

宋姜夔（號白石道人）詞：『算空有并刀，難剪離愁千縷』，顯然是由後主脫胎。後主詞為兩宋所宗，此又其一例了。南宋黃昇編《花庵詞選》評曰：『此詞最悽惋，所謂亡國之音哀以思。』

虞美人①

李煜

春花秋月何時了，往事知多少？②
小樓昨夜又東風，故國不堪回首月明中！③
雕闌玉砌應猶在④，只是朱顏改。⑤
問君能有幾多愁？恰似一江春水向東流！⑥

(1) 陸游《避暑漫鈔》：『李煜歸朝後，鬱鬱不樂，見於詞語。在賜第七夕，命故妓作樂，聲聞於外。太宗怒。又傳「小樓昨夜又東風」及「一江春水向東流」之句，並坐之，遂被禍。』

(2) 花庵詞選「月」作「葉」。

(3) 明代文學家陳霆著《唐餘紀傳》：「煜以七夕日生」是日宴飲，聲伎徹於禁中。太宗銜其有「故國不堪回首」之句，至是又慍其酣暢，乃命楚王元佐等攜觴就其第而助之歡。酒闌，煜中牽機毒藥而死。

(4) 「應猶在」呂本作「依然在」。

(5) 晚清名士王壬秋評：「朱顏本是山河，因歸宋不敢言耳；若直山河，反又淺也。結亦恰到妙處。」編者案，此與〈破陣子〉詞「沉腰潘鬢消磨」，同樣自傷老大，不堪回首，王說未免「強作解人」。

(6) 唐圭璋說：「末以問答語，吐露心中萬斛愁恨，令不堪卒讀。」《樂府紀聞》：『後主歸宋後，與故宮人書云：「此中日夕，只以眼淚洗面。每懷故國，詞調愈工……其賦虞美人有云：「問君能有幾多愁，恰似一江春水向東流。」舊臣聞之，有泣下者，七夕在賜第作樂，太宗聞之怒，更得其詞，故有賜牽機藥之事。』

【賞析】

這是後主最悲憤的一首詞。但並不是他的絕筆，至多只能說是被宋太宗毒害，以此為導火線。春花豔麗，秋月明朗，本來是很可愛的，但是這時的後主，因環境的變化，感覺到由春花到秋月所組成的時

光，太長了，太令人感到厭倦了。

「又」字與「何時了」相承。他正叫著『春花秋月何時了』時，小樓昨夜又吹起了一陣東風，這好像說：他在人地生疏的北方，又受了一年活罪了。溫飛卿詞：『楊柳又如絲，驛橋春雨時』，這個「又」字表示一年之別；本詞的「又」字，表示一年之苦，都用得很好。

故國一句，與『往事知多少』相承而加以闡述。所謂「往事」，即故國不堪回首之「往事」；尤其是明月之中，容易引起更深的哀愁。本詞一二相承，章法井然，但寫得自然渾成，不著跡象，這是後主最高的藝術手腕。過句寫回憶故國的今昔之感。

「應猶」二字疑詞，在字面上顯出搖曳之致，一本作「依然」非也。故國的雕闌玉砌，這些莊嚴華貴的建築，應該還存在嗎？但是河山卻改變了，我的朱顏卻隨著河山而變得更憔悴了。滿紙悲憤，險欲呼天，真不勝其蒼茫之感！文天祥〈酹江月〉：『鏡裡朱顏都變盡，只有丹心難滅』，可謂異曲同工。最後兩句，自為呼應，『恰似一江春水向東流』九字連成一氣讀下，何等筆力！故不失為千古名句。

後主詞常用「東」字，如『自是人生長恨水長東』，『一江春水向東流』，蓋隱指江東之東，頗有追懷故國以謀興復之意。宋太宗為了詞中有『小樓昨夜又東風』兩句，疑心他暗中圖謀報復，準備異動，已經存心要殺他了。到了這年的七月七日，正是後主的生日，開了一個紀念會，大作其樂，聲震雲霄。太宗覺得他太放肆，立刻命令楚王元佐用牽機藥將他毒死，江南父老得到他死的消息，為之巷哭失聲。後主雖然死了，但他用血和淚寫下的四十多首詞，卻永遠存留在人間。他在政治上雖然是失敗的，

而在文學上卻留下了不朽的盛業，這可說是『失之東隅，收之桑榆』了。

無題①

李商隱

相見時難別亦難，東風無力百花殘。②
春蠶到死絲方盡，蠟炬成灰淚始乾。③
曉鏡但愁雲鬢改，夜吟應覺月光寒。④
蓬山此去無多路，⑤青鳥殷勤為探看。⑥

(1) 李商隱有一部分詩稱為「無題」，這些詩寫得很隱晦，內容或寫愛情，或表面寫愛情而別有寄託。至於寄託的具體內容，多數由於年代久遠，資料不足，難以確指。本篇寫離別相思之情，一說可能有政治上的隱喻，表示像作者在〈行次西郊作一百韻〉所說的「九重黯已隔，涕泗空沾唇」那樣的感嘆。

(2) 這兩句說正當暮春時節遭逢離別。因為相見的機會難得，別時更覺難分難捨。

(3) 這兩句說，要不相思除非自己身死。「絲」和「思」諧音。「淚」，蠟燭燃點時流溢的油脂叫做「燭淚」。

(4) 這兩句設想對方也深陷在痛苦之中，擔心她入夜無眠，形容憔悴，表示憐惜和希望她保重之意。「但愁」的「愁」是作者的憂慮。

(5) 「蓬山」，蓬萊山的簡稱，傳說中的海上仙山之一。這裡指對方的住處。

(6) 這句說希望有人傳遞消息。《山海經．大荒西經》：西有王母之山「有三青鳥，赤首黑目」。注曰：「皆西王母所使也。」又『漢武故事』載西王母會漢武帝，有青鳥先到殿前。後人就以「青鳥」為使者的代稱。

【賞析】

好朋友想在一起喝酒開懷暢談，常要費很大的精神安排，周章曲折，故為「相見時難」；而臨到必須分手之時，說一聲「珍重」，從此朋友之間就要海角天涯風煙萬里，正謂匆促片刻之間，哽咽一言之際，便成長別，是其難亦可知矣。兩個「難」字表面似同，義實有別，而其藝術效果卻著重加強了「別難」的沉重力量。

下接一句，「東風無力百花殘」。好一個「東風無力」，只此一句，已令人置身於「閑愁萬種」、「如花美眷，似水流年」的痛苦而又美麗的境界中了。百花如何才得盛開？東風之有力也。及至東風力

盡，則百卉群芳韶華同逝。花固如是，人又何嘗不然。此句所言者，固非傷別適逢春晚的這一層淺意，而實為身世命運之坎坷的深深嘆惋。此一句，見其筆調風流神情燕婉，令誦者不禁為之擊節嗟賞。

筆力所聚，精彩愈顯。春蠶自縛，滿腹情絲，生為盡吐；吐之既盡，命亦隨亡。絳蠟自煎，一腔熱淚，而長流；流之既乾，身亦成燼。有此痴情苦意，幾於九死未悔，方能出此驚人奇語，否則豈能道得隻字？所以，好詩是才也是情，才情交會，方可感人。

曉妝對鏡，撫鬢自傷，女為誰容，膏沐不廢所望於一見也。一個「改」字，從詩的工巧而言是千錘百鍊而後成，從情的深摯而看是千迴百轉而後得。青春不再，逝水常東，怎能不悄然心懼，而唯恐容華有絲毫之退減？留命以待滄桑，保容以俟悅己，其苦情密意，全從一個「改」字傳出。此一字，千金不易。

「曉鏡」句猶是自計，「夜吟」句乃以計人，夜來獨對蠟淚熒熒，不知你又如何排遣？想來清詞麗句，又添幾多，如此良夜，獨自苦吟，月已轉廊，人猶敲韻，須防為風露所侵，還宜多加保重……。夫當春暮，百花已殘，豈有月光覺「寒」之理？此寒，如謂為「心境」所造，猶落紆曲，蓋正見其自保青春，即欲所念者亦善加護惜，勿自摧殘也。

本篇的結聯，意致婉曲。蓬山，海上三神山也，自來以為可望而不可即之地，從無異詞，即玉谿生（李商隱號）自己亦言：「劉郎已恨蓬山遠」矣。而此處偏偏卻說：蓬山此去無多路。真耶？假耶？其答案在下一句已然自獻分明：試遣青鳥，前往一探如何？若果真是「無多路」，又何用勞煩青鳥之仙翼

神翔乎？玉谿生之筆，正是反面落墨，蓬山去此不遠乎？曰：不遠。而此不遠者實遠甚矣！

青鳥，是西王母跟前的「信使」，專為她傳遞音訊。只此即可證明：有青鳥可供遣使的，當然是一位女性。玉谿生的這首詩，通篇詞意都是為她而設身代言的。理解了這一點之後，再重讀各句，特別是東風無力一句和頷頸兩聯，字字皆是她的情懷口吻、精神意態，而不是詩人自己在「講話」，便更加清楚了。

末句「為探看」，三字恰巧都各有不同音調的「異讀」，如讀不對，就破壞了律詩的音節之美。在此，「為」是去聲，「探」也是去聲（因為在詩詞中它讀平聲時更多，故須一加說明），而「看」是平聲。「探看」不是俗語白話中的連詞，「探」為主字，「看」是「試試看」的那個「看」字的意思。蓬山萬里，青鳥難憑，畢竟是否能找到他面前而且帶回音信呢？抱著無限的希望可是也知道這只是一種願望和祝禱罷了。只有這，是春蠶和絳蠟終生的期待。

無題　二首，七言律詩

李商隱

昨夜星辰昨夜風，　　畫樓西畔桂堂東。

身無彩鳳雙飛翼，　心有靈犀一點通。①

⑴ 犀，有神異，表靈以角。角中央色白通兩頭。見《異物志》及《漢書・西域傳》。這是一首抒寫對昨夜一度春風、旋成間隔的意中人深切的懷想。

【賞析】

開頭兩句由今宵情景引發對昨夜的追憶。這是一個美好的春夜：星光閃爍，和風徐徐，空氣中充溢著令人沉醉的溫馨氣息，一切似乎都和昨夜相彷彿。但昨夜在「畫樓西畔桂堂東」和所愛者相見的那一幕，卻已經成為親切而難以追尋的回憶。

詩人沒有去具體敘寫昨夜的情事，只是借助於辰星風好的點染，畫樓桂堂的映襯，烘托出一種溫馨旖旎、富於暗示性的環境氣氛，讀者自可意會。「昨夜」復迭，句中自對，以及上下兩句一氣蟬聯的句式，構成了一種圓轉流美，富於唱嘆之致的格調，使得對昨夜的追憶抒情氣氛更加濃郁了。

三、四兩句由追憶昨夜回到現場，抒寫今夕的相隔和由此引起的複雜微妙心理。兩句說，自己身上儘管沒有彩鳳那樣的雙翅，得以飛越阻隔，與對方相會，但彼此的心，卻像靈妙的犀角一樣，自有一線相通。彩鳳比翼雙飛，常用作美滿愛情的象徵。這裡用「身無彩鳳雙飛翼」來暗示愛情的阻隔。而用「心有靈犀一點通」來比喻相愛的雙方心靈的契合與感應，則完全是詩人的獨創和巧思。

犀牛角在古代被視為靈異之物，特別是它中央有一道貫通上下的白線（實為角質），更增添了神異色彩。詩人正是從這點展開想像，賦予它相愛的心靈奇異感應的性質，從而創造出這樣一個略貌取神、極新奇而貼切的比喻。這種聯想，帶有更多的象徵色彩。兩句中「身無」、「心有」相互映照、生發，組成一個包蘊豐富的矛盾統一體。相愛的雙方不能會合，本是深刻的痛苦；但身不能接而心則相通，卻是莫大的慰藉。

詩人所要表現的，並不是單純的愛情間隔的苦悶或心靈契合的欣喜，而是間隔中的契合，苦悶中的欣喜，寂寞中的安慰。儘管這種契合的欣喜中不免帶有苦澀的意味，但它卻因身受阻隔而顯得彌足珍貴。因此它不是消極的嘆息，而是對美好情愫的積極肯定。將矛盾著的感情相互滲透和奇妙交融表現得如此深刻細緻而又主次分明；這樣富於典型性，確實可見詩人抒寫心靈感受的才力。

無題　二首・七言律詩

李商隱

鳳尾香羅薄幾重，　碧文圓頂夜深縫；①
扇裁月魄羞難掩，　車走雷聲語未通。②

曾是寂寥金燼暗，③ 斷無消息石榴紅；④
斑騅只繫垂楊岸，⑤ 何處西南待好風？⑥
重幃深下莫愁堂，⑦ 臥後清宵細細長；
神女生涯原是夢，⑧ 小姑居處本無郎。⑨
風波不信菱枝弱，月露誰教桂葉香？
直道相思了無益，未妨惆悵是清狂！

(1) 開端兩句作者設想他所思念的女子在幽閨靜夜縫製羅帳。「鳳尾」，羅上的花紋。「香羅」，指帳幃。「碧文圓頂」，指帳頂。古代有複帳（漢樂府〈孔雀東南飛〉「紅羅複斗帳」句可證），複帳不止一層，「薄幾重」就是問所縫的是單帳還是複帳。

(2) 這兩句寫一次相逢的情景。「月魄」，月輪無光處。這裡以月比扇的形狀。用團扇半遮面是所謂「羞難掩」。「雷聲」，指車聲。司馬相如〈長門賦〉：「雷殷殷而響起兮，聲像君之車音。」

(3) 金燼，指燈心的餘火。這句寫自己在夜深燈燼時的相思。

(4) 這句說音訊隔絕，又到石榴花開的時候。

(5) 斑騅（騅 ㄓㄨㄟ），黑白雜毛的馬。

(6) 這句表示望對方來相會。「西南待好風」，即待西南之好風。參看曹植〈七哀〉詩：「願為西南風，長逝入君懷。」曹植原詩有人解釋為以男女比君臣，用來表示對魏文帝的忠愛。本篇寫相思渴望，也有人以為有類似的寓意。

(7) 樂府古題要解：「石城有女子名莫愁，善歌謠。」

(8) 宋玉〈神女賦〉序：『楚襄王與宋玉遊於雲夢之浦，使玉賦高唐之事，其夜王寢，果夢與神女遇，其狀甚麗。』

(9) 樂府〈青溪小姑曲〉：開門白水，側近橋樑。小姑所居，獨處無郎。

【賞析】

李商隱的七律無題，藝術上最成熟、最能代表其無題詩的獨特藝術風貌。這兩首七律無題，內容都是抒寫年輕女子愛情失意的幽怨，相思無望的苦悶，又都採取女主人公深夜追思往事的方式，因此，女主人公的心理獨白就構成了詩的主體。她的身世遭遇和愛情生活中某些具體情事就是透過追思回憶或隱或顯地表現出來的。

第一首起聯寫女主人公深夜縫製羅帳。李商隱寫詩特別講求暗示，往往不願意寫得過於明顯直遂，留下一些內容讓讀者去玩索體味。像這一聯，就只寫主人公在深夜做什麼，而不點破這件事意味著什麼，甚至連主人公的性別與身分都不作明確交代。我們透過「鳳尾香羅」、「碧文圓頂」的字面和「夜

深縫」的行動，可以推知主人公大概是一位幽居獨處的閨中女子。羅帳，在古代詩歌中常常被用作男女好合的象徵。在寂寥的長夜中默默地縫製羅帳的女主人公，大概正沉浸在對往事的追憶和對會合的深情期待中吧。

接下來是女主人公的一段回憶，內容是和意中人一次偶然的相遇：「扇裁月魄羞難掩，車走雷聲語未通。」對方驅車匆匆走過，自己因為羞澀，用團扇遮面，雖相見而未及通一語。從上下文所描寫的情況看，這次相遇不是初次邂逅，而是「斷無消息」之前的最後一次照面。正因為是最後一次未通言語的相遇，在長期得不到對方音訊的今天回憶往事，就越發感到失去那次機緣的可惜，而那次相遇的情景也就越加清晰而深刻地留在記憶中。所以這一聯不只是描繪了女主人公愛情生活中一個難忘的片斷，而且曲折地表達了她在追思往事時那種惋惜、悵惘而又深情地加以回味的複雜心理。

兩句是說，自從那次匆匆相遇之後，對方便絕無音訊。已經有多少次獨自伴著逐漸黯淡下去的殘燈度過寂寥的不眠之夜，眼下又是石榴花紅的季節了。石榴花紅的季節，春天已經消逝了。在寂寞的期待中，石榴花紅給她帶來的也許是流光易逝、青春虛度的惆悵與傷感吧？「金燼暗」、「石榴紅」，彷彿是不經意地點染景物，卻寓含了豐富的感情內涵。把象徵暗示的表現手法運用得這樣自然精妙，不露痕跡，這確實是藝術上爐火純青境界的標誌。

末聯仍舊回到深情的期待上來。「斑騅」句暗用樂府〈神弦歌．明下童曲〉「陸郎乘斑騅……望門不欲歸」句意，大概是暗示她日夕思念的意中人其實和她相隔並不遙遠，也許此刻正繫馬垂楊岸邊呢，

只是咫尺天涯，無緣會合罷了。末句化用曹植〈七哀〉「願為西南風，長逝入君懷」詩意，希望能有一陣好風，將自己吹送到對方身邊。李商隱優秀的愛情詩，多數是寫相思的痛苦與會合的難期，但即使是無望的愛情，也總是貫串著一種執著不移的追求，一種「春蠶到死絲方盡，蠟炬成灰淚始乾」式的真摯而深厚的感情。希望在寂寞中燃燒，我們在這首詩中所感受到的也正是這樣一種感情。

比起第一首，第二首更側重於抒寫女主人公的身世遭遇之感，從女主人公所處的環境氛圍寫起。層帷深垂，幽邃的居室籠罩著一片深夜的靜寂。獨處幽室的女主人公自思身世，輾轉不眠，倍感靜夜的漫長。這裡儘管沒有一筆正面抒寫女主人公的心理狀態，但透過這靜寂孤清的環境氣氛，我們幾乎可以觸摸到女主人公的內心世界，感覺到那帷幕深垂的居室中瀰漫著一層無名的幽怨。

頷聯進而寫女主人公對自己愛情遇合的回顧。上句用巫山神女夢遇楚王事，下句用樂府〈神弦歌·青溪小姑曲〉：「小姑所居，獨處無郎。」意思是說，追思往事，在愛情上儘管也像巫山神女那樣，有過自己的幻想與追求，但到頭來不過是做了一場幻夢而已；直到現在，還正像青溪小姑那樣，獨處無郎，終身無託。

前者暗示她在愛情上不僅有過追求，而且也曾有過短暫的遇合，但終究成了一場幻夢，所以說「原是夢」；後者則似乎暗示：儘管迄今仍然獨居無郎，無所依託，但人們則對她頗有議論，所以說「本無郎」，其中似乎含有某種自我辯解的意味。不過，上面所說的這兩層意思，都寫得隱約不露，不細心揣摩體會是不容易發現的。

頸聯從不幸的愛情經歷轉到不幸的身世遭遇。這一聯用了兩個比喻：說自己就像柔弱的菱枝，卻偏遭風波的摧折；又像具有芬芳美質的桂葉，卻無月露滋潤使之飄香。似乎是暗示女主人公在生活中一方面受到惡勢力的摧殘，另一方面又得不到應有的同情與幫助。「不信」是明知菱枝為弱質而偏加摧折，見「風波」之橫暴；「誰教」，是本可滋潤桂葉而竟不如此，見「月露」之無情。措辭婉轉，而意極沉痛。

愛情遇合既同夢幻，身世遭逢又如此不幸，但女主人公並沒有放棄愛情上的追求「直道相思了無益，未妨惆悵是清狂。」即便相思全然無益，也不妨抱痴情而惆悵終身。在近乎幻滅的情況下仍然堅持不渝的追求，「相思」的銘心刻骨更是可想而知了。

嫦娥　七言絕句

李商隱

雲母屏風燭影深，　長河漸落曉星沉；①
嫦娥應悔偷靈藥，②　碧海青天夜夜心。

⑴ 雲母二句：寫嫦娥獨處淒寂，長夜不寐情景。燭影深，燭影沉沉。長河，即銀河。

⑵ 偷靈藥：《淮南子・覽冥訓》：「羿請不死之藥於西王母，姮娥竊之奔月宮。」

【賞析】

室內，燭光越來越黯淡，雲母屏風上籠罩著一層深深的暗影，越發顯出居室的空寂清冷，透露出主人公在長夜獨坐中黯然的心境。室外，銀河逐漸西移垂地、牛郎、織女隔河遙望，本來也許可以給獨處孤室的不寐者帶來一些遐想，而現在這一派銀河即將消失。那點綴著空曠天宇的寥落晨星，彷彿默默無言地陪伴著一輪孤月，也陪伴著終夜不寐者，現在連這最後的伴侶也行將隱沒。

「沉」字正逼真地描繪出晨星低垂、欲落未落的動態，主人公的心也似乎正逐漸沉下去。「燭影

深」、「長河落」、「曉星沉」，表明時間已到將曉未曉之際，著一「漸」字，暗示了時間的推移流逝。寂寞中的主人公，面對冷屏殘燭、青天孤月，又度過了一個不眠之夜。

儘管這裡沒有對主人公的心理作任何直接的抒寫刻畫，但借助於環境氛圍的渲染，主人公的孤清淒冷情懷和不堪忍受寂寞包圍的意緒卻幾乎可以觸摸到。

在寂寥的長夜，天空中最引人注目、引人遐想的自然是一輪明月。看到明月，也自然會聯想起神話傳說中的月宮仙子嫦娥。據說她原是后羿的妻子，因為偷吃了西王母送給后羿的不死藥，飛奔到月宮，成了仙子。

「嫦娥孤棲與誰鄰？」在孤寂的主人公眼裡，這孤居廣寒宮殿、寂寞無伴的嫦娥，其處境和心情不正和自己相似嗎？於是，不禁從心底湧出這樣的意念：嫦娥想必也懊悔當初偷吃了不死藥，以致年年夜夜，幽居月宮，面對碧海青天，寂寥清冷之情難以排遣吧。

「應悔」是揣度之詞，這揣度正表現出一種同病相憐、同心相應的感情。由於有前兩句的描繪渲染，這「應」字就顯得水到渠成，自然合理。因此，後兩句與其說是對嫦娥處境心情的深情體貼，不如說是主人公寂寞的心靈獨白。

錦瑟①

李商隱

錦瑟無端五十弦，② 一弦一柱思華年。③
莊生曉夢迷蝴蝶，望帝春心託杜鵑。④
滄海月明珠有淚，藍田日暖玉生煙。⑤
此情可待成追憶，只是當時已惘然！⑥

(1) 本篇以錦瑟起興，以首二字標題，等於「無題」，不是詠錦瑟而是作者晚年回想過去，自述感慨。舊說種種推測都不盡可通。用詩的開端兩字做題目是從《詩經》就開始的習慣。

(2) 「錦瑟」，瑟上繪文如錦。瑟是一種樂器，傳說古瑟本有五十弦，後代的弦數不一，一般是二十五弦。

(3) 「柱」，是調整弦音調高低的「支柱」，它把弦「架」住，卻是可以移動的「活」柱，把它都用膠黏住了，瑟也就「死」了。有人把「柱」注成「繫弦」的柱，誤。「思」字應變讀去聲。律詩

中不許有一連三個平聲的出現。「華年」，少年。作者因瑟的弦柱之數觸起華年之思。

(4)《莊子．內篇．齊物論》：「昔者莊周夢為蝴蝶，栩栩然蝴蝶也。」「望帝」，周末蜀國一個君主的稱號。他名叫杜宇，相傳死後魂魄化為鳥，名杜鵑，鳴聲淒哀。「春心」，《楚辭．招魂》：「相極重兮傷春心。」這裡說望帝已變為杜鵑鳥，他的傷春之心只能借杜鵑的嘴叫出來。這兩句是說往事有如夢幻，遠大的抱負和美好的理想化為雲煙，借莊周和望帝的事為此。

(5)「月明珠」，古代有海裡的蚌珠與月亮相感應的傳說，月滿珠就圓，月虧珠就缺。「淚」，古有「鮫人泣珠」的傳說，鮫人是在海裡像魚一樣生活的人，能織絹，哭泣時眼淚變成珠。「藍田」，山名，在今陝西省藍田縣東南。藍田山是有名的產玉之地。司空圖〈與極浦談詩書〉引戴叔倫語云：「詩家之景如藍田日暖，良玉生煙，可望而不可置於眉睫之前也。」這兩句寫水泡和煙影的形象，以泡、影喻往事，這可望而不可即或幻滅不可復追。

(6)末兩句說往日身歷其境的時候已經是惘惘然了，並非等到回憶時才有此感。

【賞析】

打開錦瑟一看，真不巧它也是五十條弦，因此瑟上的每一根柱每一條弦使我想起自己的年華來。在我一生之中，就如同莊周夢蝶般，似真似幻，大有人生若夢的感覺。我也曾有過像望帝一樣的情感，祈望青春永駐，於是化作杜鵑鳥喚住春天，但春天畢竟離我而去。回憶往事，使我想起悲痛的事，不禁愴

然淚下，彷彿置身在滄海月明之下，是珠光或是淚影呢？有時，想起舊時的樂事，也抑不住要喜氣洋洋，就如同藍田日暖，玉氣生煙。但這些情感，只能成為回憶罷了，只是當時為什麼遇事茫然若失，以致一步錯，步步錯呢！

這首詩取起句頭兩個字作標題，在李商隱的詩中是很常見的。在《李義山詩集》中，〈錦瑟〉這首詩是排在第一首，因此可視為義山詩的「代序」，前人對此詩的解釋不一：有的說是悼亡的；有的說是思念侍兒叫「錦瑟」的；有的說是自比文才的。然就全詩內容來看，應該是作者晚年，追憶自己一生往事的詩。所以首聯由錦瑟的五十弦起興。

「無端」二字，與「一弦一柱思華年」切合，從錦瑟的五十弦與自己將近五十歲契合，故每一弦便代表了一年的歲月。李商隱享年四十七歲，故視此詩為其晚年的作品，自可相信。

頷聯及頸聯，是作者回憶一生的往事，其中有「莊生曉夢」，人生若夢之感；有「望帝春心」，願青春永駐之情；有往日的悲痛，如今追憶起來，引起淡淡的哀傷，如「滄海月明」之境；有往日的歡樂，每憶及此，為之喜氣洋洋，如「藍田日暖」之境。

末聯收結，往日之情，皆成追憶，只怪當時茫然無知，為情所困，以致今日一事無成，大有如曹雪芹晚年寫紅樓夢的心情：「滿紙荒唐言，一把辛酸淚。」由於李商隱的身世悲涼，政治環境複雜，不能直抒，故詩多委婉陳辭，詩意隱曲，惟辭藻音韻優美，難怪金朝元好問要讚嘆道：「詩家總愛西崑好，獨恨無人作鄭箋。」

月夜

杜甫①

今夜鄜州月，閨中只獨看。②
遙憐小兒女，未解憶長安。③
香霧雲鬟濕，清輝玉臂寒。④
何時倚虛幌，雙照淚痕乾？⑤

(1) 天寶十五年（七五六年）五月，杜甫從奉先移家至潼關以北的白水。六月，潼關失守，玄宗奔蜀，杜甫便攜眷北行，至鄜（音夫ㄈㄨ）州（今陝西省富縣）暫住。七月，肅宗李亨即位靈武（在今寧夏省），杜甫隻身前去投奔，途中被安史叛軍擄至長安。這首詩就是八月在長安所作。

(2) 詩人對月懷念妻子，卻設想成妻子對月懷念自己。「閨中」，指妻。

(3) 這兩句藉「小兒女」點出上文妻子望月時的內心是「憶長安」，又使「獨看」的含意更深一層：不僅因丈夫不在為「獨」，也因子女在而無知為「獨」。「未解憶長安」，可以指「小兒女」說，孩子們還不懂得懷念遠客在外的父親；也可以兼指「閨中」說，孩子們還不能理解母親對

月懷人的心事。

(4) 這兩句寫妻子久久望月的情景。「清輝」，指月光。

(5) 末兩句表示團聚的期望。「幌」，帷幔。「虛」，空，形容懸掛起的帷幔。「淚痕乾」，反襯出「獨看」時淚流不止。

【賞析】

題為「月夜」，作者看到的是長安月。詩如果從本身所見的下筆，一入手應該寫「今夜長安月，客中只獨看」。但他焦心的不是自己被俘、生死未卜的處境，而是妻子對自己的處境如何焦心。所以悄焉動容，神馳千里，直寫「今夜鄜州月，閨中只獨看」。這已經透過一層。自己隻身在外，當然是獨自看月。妻子尚有兒女在旁，為什麼也「獨看」呢？「遙憐小兒女，未解憶長安」一聯作些回答。妻子看月，並不是欣賞自然風光，而是「憶長安」，而小兒女未諳世事，還不懂得「憶長安」啊！用小兒女的「未解憶」反襯妻子的「憶」，突顯出了那個「獨」字，詩意上又進一層。

「憐」與「憶」，都不宜輕易滑過。應該和「今夜」、「獨看」聯繫起來加以吟味。明月當空誰都能看到。特指「今夜」的「獨看」，則心目中自然有往日的「同看」和未來的「同看」。未來的「同看」，留待結句點明。往日的「同看」，則暗含於一、二兩聯之中。「今夜鄜州月，閨中只獨看。遙憐小兒女，未解憶長安。」這不是分明透露出他和妻子有過「同看」鄜州月而共「憶長安」的往事嗎？

作者困處於長安達十年之久，其中有一段時間是與妻子在一起度過的。和妻子一同忍飢受寒，也一同觀賞長安的明月，這自然就留下了深刻的記憶。當長安淪陷，一家人逃難到了羌村的時候，與妻子「同看」鄜州之月而共「憶長安」，已不勝其辛酸！如今自己身陷亂軍之中。妻子「獨看」鄜州之月而共「憶長安」，那「憶」就不僅充滿了辛酸，而且交織著憂慮與驚恐。

這個「憶」字，是含意深遠耐人尋思的。往日與妻子同看鄜州之月而「憶長安」，雖然百感交集，但尚有自己為妻子分憂；而如今呢？妻子「獨看」鄜州之月而「憶長安」，「遙憐」小兒女們天真幼稚，只能增加她的負擔，哪能為她分憂啊！這個「憐」字，也是飽含深情，感人肺腑的。

第三聯透過妻子獨自看月的形象描寫，進一步表現「憶長安」。霧濕雲鬟，月寒玉臂。望月愈久而憶念愈深，甚至會擔心她的丈夫是否還活著，怎能不熱淚盈眶？而這又完全是作者想像中的情景。當想到妻子憂心忡忡，夜深不寐的時候，自己也不免傷心落淚。兩地看月而各有淚痕，這就不能不激起結束這種痛苦生活的希望；於是以表現希望的詩句作結：「何時倚虛幌，雙照淚痕乾？」「雙照」而淚痕始乾，則「獨看」而淚痕不乾，也就意在言外了。

題為『月夜』，字字都從月色中照出，而以「獨看」、「雙照」為一詩之眼。「獨看」是現實，卻從對面著想，只寫妻子「獨看」鄜州之月而「憶長安」，而自己的「獨看」長安之月而憶鄜州，已包含其中。「雙照」兼包回憶與希望：感傷「今夜」的「獨看」，回憶往日的同看，而把希望寄託於不知「何時」的未來。詞旨婉切，章法緊密。如明末清初學者黃生所說：「五律至此，無忝詩聖矣！」

贈別　二首其二・七言絕句

杜牧

多情卻似總無情，①　唯覺樽前笑不成；②
蠟燭有心還惜別，③　替人垂淚到天明。

(1) 總：全部，此兩句為反句，「總」加強了多的語氣。
(2) 樽前：「樽」，酒林。樽前，酒宴席前。
(3) 蠟燭有心：蠟燭有心蕊，有此心比那心。

【賞析】

齊、梁之間的江淹曾經把離別的感情概括為「黯然銷魂」四字，但這種感情的表現，卻因人因事的不同而千差萬別，這種感情本身，也不是「悲」、「愁」一字所能了得。杜牧此詩不用「悲」、「愁」等字，卻寫得坦率、真摯，道出了離別時的真情實感。

詩人和所愛不忍分別，又不得不分別，感情是千頭萬緒的。「多情卻似總無情」，明明多情，偏從

「無情」著筆，著一「總」字，又加強了語氣，帶有濃厚的感情色彩。詩人愛得太深、太多情，以致使他覺得，無論用怎樣的方法，都不足以表現出內心的多情。別筵上，淒然相對，像是彼此無情似的。越是多情，越顯得無情，這種情人離別時最真切的感受，詩人把它寫出來了。

「唯覺樽前笑不成」，要寫離別的悲苦，他又從「笑」字入手。一個「唯」字表明，詩人是多麼想面對情人，舉樽道別，強顏歡笑，使所愛歡欣，但因為感傷離別，卻擠不出一絲笑容來。想笑是由於「多情」，「笑不成」是由於太多情，不忍離別而事與願違！這種看似矛盾的情態描寫，把詩人內心的真實感受，說得委婉盡致，極有情味。

蠟燭本是有燭芯的，所以說「蠟燭有心」；而在詩人的眼裡，燭芯卻變成了「惜別」之心，把蠟燭擬人化了。在詩人的眼裡，它那徹夜流溢的燭淚，就是在為男女主人的離別而傷心了。

「替人垂淚到天明」，「替人」二字，使意思更深一層。「到天明」又點出了告別宴飲時間之長，這也是詩人不忍分離的一種表現。詩人用精鍊流暢、清爽俊逸的語言，表達了悱惻纏綿的情思，風流蘊藉，意境深遠，餘韻不盡。就詩而論，表現的感情還是很深沉、很真摯的。杜枚為人剛直有節，敢論列大事，卻也不拘小節，好歌舞，風情頗張，本詩亦可見此意。

遣懷　七言絕句

杜牧

落魄江湖載酒行，①　楚腰纖細掌中輕；②
十年一覺揚州夢，③　贏得青樓薄倖名。④

(1) 落魄：失意。
(2) 楚腰句：楚腰：即細腰。見劉禹錫〈踏歌詞〉注。掌中輕，漢趙飛燕身輕，能作掌上舞。
(3) 揚州夢：指在揚州冶遊事。見〈贈別〉所引于鄴〈揚州夢記〉。
(4) 贏得句：青樓，此處指歡樂場所。薄倖，猶言薄情。

【賞析】

詩的前兩句是憶記昔日揚州生活的回憶：潦倒江南以酒為伴；秦樓楚館美女嬌娃，過著放浪形骸的浪漫生活。「楚腰纖細掌中輕」，運用了兩個典故。楚腰，指美人的細腰。「楚靈王好細腰，而國中多餓人。」（《韓非子・二柄》）。掌中輕，指漢成帝皇后趙飛燕，「體

輕，能為掌上舞」（見《飛燕外傳》）。

從字面看，兩個典故，都是誇讚揚州妓女之美，但仔細玩味「落魄」兩字，可以看出，詩人很不滿於自己沉淪下僚、寄人籬下的境遇，因而他對昔日放蕩生涯的追憶，並沒有一種愜意的感覺。

為什麼這樣說呢？請看下面：「十年一覺揚州夢」，這是發自詩人內心的慨嘆，好像很唐突，實則和上面二句詩意是連貫的。「十年」和「一覺」在一句中相對，給人「很久」與「極快」的鮮明對比感，愈加顯示出詩人感慨情緒之深。而這感慨又完全歸結在「揚州夢」的「夢」字上：往日的放浪形骸，沉湎酒色；表面上的繁華熱鬧，骨子裡的煩悶抑鬱，是痛苦的回憶，又有醒悟後的感傷……這就是詩人所「遣」之「懷」。忽忽十年過去，那揚州往事不過是一場大夢而已。

「贏得青樓薄倖名」最後竟連自己曾經迷戀的青樓也責怪自己薄情負心！「贏得」二字，調侃之中含有辛酸、自嘲和悔恨的感情。這是進一步對「揚州夢」的否定，可是寫得卻是那樣貌似輕鬆而又詼諧，實際上詩人的精神是很抑鬱的。十年，在人的一生中不能算短暫，自己又幹了些什麼，留下了什麼呢？這是帶著苦痛吐露出來的詩句，非再三吟哦，不能體會出詩人那種意在言外的情緒。

前人論絕句嘗謂：「多以第三句為主，而第四句發之」（明代胡震亨《唐音癸籤》），杜牧這首絕句，可謂深得其中奧妙。這首七絕用追憶的方法入手，前兩句敘事，後兩句抒情。三、四兩句固然是「遣懷」的本意，但首句「落魄江湖載酒行」卻是所遣之懷的原因，不可輕輕放過。

前人評論此詩完全著眼於作者「繁華夢醒，懺悔豔遊」，是不全面的。詩人的「揚州夢」生活，是與其政治上不得志有關。因此這首詩除懺悔之意外，大有前塵恍惚如夢，不堪回首之意。

金縷衣　樂府

杜秋娘

勸君莫惜金縷衣，① 勸君惜取少年時；
有花堪折直須折，② 莫待無花空折枝。

(1) 金縷衣即金線所織之衣，華貴之衣。

(2) 堪折：可折。

【賞析】

此詩含意很單純，可以用「莫負好時光」一言以蔽之。這原是一種人所共有的思想情感。可是，它使讀者感到其情感雖單純卻強烈，能長久在人心中繚繞，有一種不可思議的魅力。它每個詩句似乎都在重複那單一的意思：「莫負好時光！」而每句又都寓有微妙變化，重複而不單調，回環而有緩急，形成優美的的旋律。

一、二句式相同，都「勸君」開始，「惜」字也兩次出現，這是二句重複的因素。但第一句說的是「勸君莫惜」，二句說的是「勸君須惜」，「莫」與「須」意正相反，又形成重複中的變化。這兩句詩意又是貫通的。「金縷衣」是華麗貴重之物，卻「勸君莫惜」，可見還有遠比它更為珍貴的東西，這就是「勸君須惜」的「少年時」了。何以如此？「一寸光陰一寸金，寸金難買寸光陰」，貴如黃金也有再得的時候，「千金散盡還復來」；然而青春對任何人也只有一次，一旦逝去是永不復返的。可是，世人多惑於此，愛金如命、虛擲光陰的真不少呢？一再「勸君」，用對白語氣，致意殷勤，有很濃的歌味，和娓娓動人的風韻。兩句一否定，一肯定，否定前者乃是為肯定後者，似分實合，構成詩中第一次反覆和咏嘆，其旋律節奏是紆回徐緩的。

三、四句則構成第二次反覆的詠嘆，單就詩意看，與一、二句差不多，還是「莫負好時光」那個意思。這樣，除了句句之間的反覆，又有上聯與下聯之間的較大的回旋反覆。但兩聯表現手法就不一樣，上聯直抒胸臆，是賦法；下聯卻用了譬喻方式，是比義。於是重複中仍有變化。三、四沒有一、二那樣整飭的句式，但意義上彼此是對稱得銖兩悉稱的。上句說「有花」應怎樣，下句說「無花」會怎樣；上句說「須」怎樣，下句說「莫」怎樣，也有肯定否定的對立。二句意義又緊緊關聯：「有花堪折直須折」是從正面說「行樂須及春」意，「莫待無花空折枝」是從反面說「行樂須及春」意，似分實合，反覆傾訴同一情愫，是「勸君」的繼續，但語調節奏由徐緩變得峻急、熱烈。「堪折——直須折」這句中節奏短促，力度極強，「直須」比前面的「須」更加強調。這是對青春與歡愛的放膽歌唱。這裡的熱情

奔放，不但真率、大膽，而且形象優美。「花」字兩見，「折」字意三見；「須——莫」云云與上聯「莫——須」云云，又自然構成同文式的複疊美。這一系列天然工妙的字與字的反覆、句與句的反覆、聯與聯的反覆，使詩句琅琅上口，語語可歌。除了形式美，其情緒由徐緩的回歸到熱烈的動盪，及構成此詩內在的韻律，誦讀起來就更使人感到迴腸盪氣了。

有一種歌詞，簡單到一兩句話，經高明作曲家配上優美的旋律，反覆重唱，尚可獲得動人的風韻；而〈金縷衣〉，其詩意單純而不單調，有往復，有變化，一中有多，多中見一，作為獨立的詩篇已搖曳多姿，更何況它在唐代是配樂演唱，難怪它那樣使人心醉而被廣泛流傳了。

烈女操①

孟郊

梧桐相待老，② 鴛鴦會雙死；③
貞婦貴殉夫，④ 捨生亦如此。
波瀾誓不起，妾心古井水。⑤

(1) 烈女操，樂府屬『琴曲』歌辭。操『琴曲』的一種體裁。
(2) 梧桐句，據說梧為雄樹，桐為雌樹。
(3) 鴛鴦，水鳥，常雌雄相隨。會，終當。
(4) 殉，以死相從。
(5) 妾，古代婦女自稱。古井水，喻不會波動。

【賞析】

這是一首頌揚貞烈婦女的樂府詩。在封建時代的舊社會，由於婦女沒有謀生能力，在經濟上必須依附丈夫，人格上也存在依附關係。片面地要求婦女守貞殉節，從一而終，便是這種依附關係所帶來的惡果，婦女也在這種習慣勢力下低頭，甚而視為當然。此詩就是以男子的願望，寫烈女的心情。於當時世道人心的確略有裨益。不過律以時代精神，寡婦之再嫁與否，為了尊重女權，當由寡婦自行決定，他人實無置喙餘地。而宋儒所倡行的「餓死事小，失節事大」觀念，更應徹底予以揚棄。

詩有六義——風、雅、頌、賦、比、興，其中賦、比、興三者是詩歌的三種藝術表現手法。賦是鋪陳其事，也就是直敘法。比是指物譬喻，也就是比喻法。興是借物以起興，也就是聯想法。孟郊這首〈烈女操〉，篇幅雖短，而賦比興三種作法俱備。一、二句用興法，三、四句用賦法，五、六句用比法，技巧之高，令人嘆為觀止。

首聯用梧桐偕老，鴛鴦同死，聯想到夫妻同體，情深義篤，亦當如此。所以下面兩句直截了當的說

明樹鳥無知，尚且懂得生死與共之理，何況是萬物之靈的人類。強調貞婦必須捨生殉夫，才算可貴，否則連樹鳥都不如，其將何以為人。結聯以古井無波來比喻寡婦守節意志之堅定。並且用倒裝句法，固然是在遷就韻腳，實則蓄意使其詩句更為峭拔，有如高巖倒松，蔚為奇觀。

妾薄命

袁宏道

落花去故條，尚有根可依。① 婦人失夫心，含情欲告誰？
燈光不到明，寵極心還變。 只此雙蛾眉，供得幾回盼？
看多自成故，未必真衰老。② 闢彼數開花，不若初生草。
織髮為君衣，君看不如紙； 割腹為君餐，君咽不如水。③
舊人百宛順，不若新人罵。 死若可回君，待君以長夜！

⑴ 花雖隨風飄落滿地，但仍有根枝可為依附。

⑵ 只是因為看慣了，不再以為像以前那麼美麗動人，而非真正是人老珠黃了。

(3) 指無論如何的討好丈夫，還是得不到他的歡心，就如白米煮飯人還嫌黑。

【賞析】

〈妾薄命〉原屬樂府《雜曲歌辭》，自建安以來，文人多有擬作，大抵寫生離死別，遠聘晚嫁，失寵被遺棄之類。本篇描敘一個棄婦傾訴自己的不幸和痛苦，寫來惻惻動人，稱得上哀豔動人。

詩以「落花去故條，尚有根可依」起興，相對說明婦人一旦失去丈夫的歡心，命運更加可悲。「失夫心」，是通篇的關鍵，在以男子為中心的封建制度下，許多婦女的悲劇蓋源於此。詩中的女主人公悲劇性的命運也是由此開始的。「含情欲告誰」表現了她滿腹冤屈、哀哀無告的內心痛苦，以下分四層來寫：

先說情愛的短暫與丈夫的變心：她像燈光熬不到天明，自己雖被寵極一時，丈夫還是變了心。「燈光不到明」這一比喻，是新穎、貼切，並富於形象性的。

再說自己失寵的原因：自己雖然長得不錯，可是又能讓丈夫看上幾回？如果說這話中還含有牢騷的話，那麼「看多自成故，未必真衰老」兩句，表明她已經看透了丈夫的厭舊心理，從而道出了她失寵的原因。她又打了一個通俗的比方：那開過多次的花，連初生的草都不如了。從這一比喻所蘊含的不合理性，花雖屢開，依然是「花」，草雖初生，畢竟是「草」，我們可以體會到她的含冤負屈的情緒。

接著說丈夫的心意是無法挽回的。她即使忍痛犧牲，「織髮為君衣」，「割腹為君餐」，也絲毫不能贏得丈夫的好感：「君看不如紙」，「君咽不如水」。作品運用了奇妙的想像、比喻和誇張，把女主

人公因丈夫的負心所引起的憂傷和痛楚表現得淋漓盡致，是詩中頗見精彩的一筆。

女主人公說到這裡，忽然改用第二人稱「君」來稱她的丈夫，使人感到她彷彿指著負心漢的鼻子哭訴與唾罵，是符合這個人物愈說下去怨氣愈盛的心理邏輯的。她還把丈夫對「舊人」與「新人」的不同態度作了鮮明而強烈對比，說明丈夫的負心已經到了喪心病狂、不可理喻的地步。

但我們的女主人公始終咽不下這口氣，最後她從內心深處喊出了這樣的話：「死若可回君，待君以長夜！」意思是說，我的一死如果能使你回心轉意，那麼我願在地下的漫漫長夜之中等待你！她傷心到了極點，對丈夫怨恨到了極點，在她的有生之年已經完全絕望了，這就把全詩所表現的棄婦的哀傷怨憤之情推向了高潮。這最後兩句也是棄婦對愛情忠貞不渝的自我表白，在一定程度上強化了對負心男子的譴責力量。

夜笛詞

施肩吾

皎潔西樓月未斜，①　笛聲寥亮入東家。

卻令燈下裁衣婦，　誤剪同心一片花。②

(1) 皎潔的月光照在那孤寂落寞的西樓上。

(2) 同心花：有雙心重疊的花紋。喻裁衣婦用此花紋的衣料裁作征衣，寄給遠方的丈夫，以表日夜思慕之情，而今又因笛聲擾人誤剪了同心花，可見其內心的懊悔與感傷。

【賞析】

古時習俗，送人遠行常折柳相贈，因為「柳」與「留」諧音，有惜別挽留之意。於是笛曲裡有〈折楊柳〉的調子，抒發離情別緒。遊子聞笛思鄉，在古詩詞中常見，如大詩人李太白〈春夜洛城聞笛〉：「誰家玉笛暗飛聲，散入春風滿洛城。此夜曲中聞折柳，何人不起故園情？」

施肩吾的這首〈夜笛曲〉，寫思婦聞笛而生思念戍守邊土丈夫的思慕之情，以女性角度著筆，卻是別開生面之作。

首二句是起興之筆，寫皎潔的月色和嘹亮的笛聲，以視、聽感受表現情思的觸發。云「西樓」、「東家」，可見這是身居西樓的詩人，設想東鄰思婦的感觸，是詩家代人立言之體。「月未斜」者暗示愁思難盡。靜夜笛聲，當然愈顯得嘹亮：傷別之婦，聞笛中〈折柳〉之曲，當然更是入耳驚心。她不能不回憶起當日長亭怨離，繫馬柳下，折柳贈別的一幕，何時方能重見良人，策馬翩然回來呢？這一切盡在不言之中。

後二句寫裁衣婦在思念中失神的情態。直到不小心剪破了衣料上的菱形連環花紋（同心花），方才

吃了一驚，從沉思中驚醒過來。為征人製寒衣，特地挑選了象徵愛情的同心圖案。「誤剪」二字見出她一直是細心地避免剪破同心花的。不幸失手剪開，又該有多少懊惱和擔憂？怪誰呢？只怪那撩亂人心的嘹亮笛聲！而這一切又純以詩人的設想著筆，描出思婦的內心隱曲，雖寥寥數語，意韻深廣，極其耐人尋味。

燈下裁衣念遠，前人詩中也常見，李太白也寫過，如〈子夜吳歌〉云：「素手抽針冷，那堪把剪刀！」本篇於此又不落窠臼，設想甚為工巧。像這樣清新別緻的小詩，是令人誦之不厭的。

貧女① 七言律詩

秦韜玉

蓬門未識綺羅香，② 擬託良媒益自傷；③
誰愛風流高格調，共憐時世儉梳妝。④
敢將十指誇鍼巧，⑤ 不把雙眉鬥畫長；⑥
苦恨年年壓金線，為他人作嫁衣裳！⑦

(1) 這首詩借貧女來傾訴作者的抑鬱心情，對當時社會不合理的現象表示不滿。

(2) 「蓬門」，是「蓬門中人」的省略語。「綺羅香」，指富貴婦女的衣飾。「未識」：沒見過沒想過。

(3) 這句是說心想找個好媒人說親事，可是想到世人只重富貴不重品格，因此越發增加傷感。

(4) 「風流」，舉止瀟灑。高格調，胸襟氣度超群。「憐」，在這裡也是愛的意思。「時世」，當代。儉梳妝：「儉」通「險」，怪異的意思；險梳妝，就是奇形怪狀的穿著打扮。上句的「誰」字貫下句。這兩句說：有誰欣賞不同流俗的格調，又有誰與貧女共愛儉樸的梳妝呢？也就是說當時只有卑俗的格調和奢靡的梳妝才被人喜愛。

(5) 這句說自信刺繡很好。

(6) 這句說不願畫長眉和別人爭美；或指雙眉天然秀美，不須描畫。

(7) 末兩句借貧女的「恨」寫出作幕僚的悲苦的心情：年年寫詩作文，多半是替別人作了裝飾品。表現貧女的哀怨，也是很深刻的。「壓金線」，用金線繡花，是刺繡的一種。

【賞析】

這首詩，以語意雙關、含蘊豐富而為人傳誦。全篇都是一個未嫁貧女的獨白，傾訴她抑鬱惆悵的心情。

「蓬門未識綺羅香，擬託良媒益自傷。」從姑娘們的家常衣著談起，說自己生在蓬門陋戶，自幼粗衣布裳，從未有綾羅綢緞沾身。開口第一句，便令人感到這是一位純潔樸實的女子。因為貧窮，雖然早已是待嫁之年，卻總不見媒人前來問津。拋開女兒家的羞怯矜持請人去作媒吧，可是每生此念頭，便不由加倍地傷感。

從客觀上看：「誰愛風流高格調，共憐時世儉梳妝。」如今，人們競相追求時髦的奇裝異服，有誰來欣賞我不同流俗的高尚情操？

「敢將十指誇鍼巧，不把雙眉鬥畫長。」我所自恃的是，憑一雙巧于針黹（ㄓˇ）出眾，敢在人前誇口；絕不迎合流俗，把兩條眉毛畫得長長的去和別人爭妍鬥麗。這樣的世態人情，這樣的操守格調，調愈高，和愈寡。縱使良媒能託，亦知佳偶難覓啊。

「苦恨年年壓金線，為他人作嫁衣裳！」個人的親事茫然無望，卻要每天每天壓線刺繡，不停息地為別人做出嫁的衣裳！月復一月，年復一年，一針針刺痛著自家傷痕累累的心靈！……

獨白到此戛然而止，女主人公憂鬱的形象默然呈現在讀者的面前。

詩人刻畫貧女形象，既沒有憑藉景物氣氛的襯托，也沒有進行相貌衣物和神態舉止的描摹，而是把她放在與社會環境的矛盾衝突中，透過獨白揭示她內心深處的苦痛。全是出自貧家女兒的又細膩又爽利、富有個性的口語，毫無遮掩地傾訴心底的衷曲。從家庭景況談到自己的親事，從社會風氣談到個人的志趣，有自傷自嘆，也有自矜自持，如春蠶吐絲；作繭自縛，一縷縷，一層層，將自己愈纏愈緊，

使自己愈陷愈深，最後終於突破抑鬱和窒息的重壓，呼出那「苦恨年年壓金線，為他人作嫁衣裳」的慨嘆。這最後一呼，以其廣泛深刻的內涵，濃厚的生活哲理，使全詩蘊含更大的社會意義。

良媒不問蓬門之女，寄託著寒士出身貧賤，舉薦無人的苦悶哀怨；誇指巧而不鬥眉長，隱喻著寒士內美修能、超凡脫俗的孤高情調；「誰愛風流高格調」，儼然是封建文人獨清獨醒的寂寞口吻：「為他人作嫁衣裳」，則令人想到那些終年為上司捉刀獻策，自己卻久屈下僚的讀書人——或許就是詩人的自嘆吧？詩情哀怨沉痛，反映了封建社會貧寒士人不為世用的憤懣和不平。

別意

黃景仁

別無相贈言，①沉吟背燈立。②
半晌不抬頭，羅衣淚沾濕。③

(1) 贈言：離別相惜之言。

(2) 沉吟：深沉的思考著而不說話。低著頭背著燈站立著，為何背著燈？因怕自己落淚被對方看見。

(3) 半晌：好長一段時間。

【賞析】

人間最傷離別情，這對一雙墜入情網而不能自拔的少年男女來說，則尤為淒楚。十七歲的黃景仁為求學去他鄉，向他熱戀著的意中人忍痛告別，留下了一幅低哀纏綿、情態感人的圖景：少男來到少女寓所道別，少女的滿心歡愉被那離愁別緒一掃而淨，此時竟無言相贈。背燈而立、沉默低吟的姑娘，空有一腔體己話，羞出口，強咽下。在默言應對的片刻裡，只見她啜泣淚下，已沾濕衣襟。此景此情，怎不令人頓生憐愛之心！

這是初戀小兒女的告別，不見山盟海誓，毋須斟酒折柳，涉世未深的女孩子有言也難訴，男孩子欲勸慰卻又乏詞，唯將難捨之情、純真之愛，盡藏不言中。

這是熱戀中的少男少女的告別，愛情之火灼熱了他們稚嫩的童心，而天真的憧憬，私下的許諾，被這突如其來的離別所攪亂，剛登高峰，頃又臨淵，姑娘以淚洗面便成了表達別情的唯一舉止；這又是特定社會條件下少年戀人的告別，當愛情追求與功名前途的矛盾撕扯少男之心時，封建禮教束縛下的少女要用情線去拴住戀人邁向求仕之路的雙腳，既不可能，更不可行，在「沉吟」和眼淚背後，正可窺見這難言之隱。

作者與這位少女最終未圓白頭夢，這是環境和命運所致，然而他們的愛畢竟是真誠的，是美的；作者的詩是寫實的，也是美的。

黃景仁無愧為白描高手，寥寥數筆，僅以昏暗的燈光、沾濕的羅衣作烘托，便將一對羞羞答答、相對無言卻哀情難勝的戀人如繪眼前，意在舉止神態中出，情在簡筆淺語中蘊。那純潔真摯的初戀曾使作者追懷不已，而戀人告別的一幕，不也至今使人感受到濃郁的人情美、詩意美？

雨霖鈴

柳永

寒蟬凄切，①對長亭晚，②驟雨初歇。
都門帳飲無緒，③留戀處、蘭舟催發。④
執手相看淚眼，竟無語凝噎。⑤
念去去千里煙波，⑥暮靄沉沉楚天闊。⑦
多情自古傷離別，更那堪、冷落清秋節！⑧
今宵酒醒何處？楊柳岸、曉風殘月。
此去經年，⑨應是良辰好景虛設。
便縱有千種風情，⑩更與何人說？

(1) 寒蟬：蟬的一種，據說牠可以叫到深秋。
(2) 長亭：古代大道邊給人休息的亭舍，也是送別的地方。
(3) 都門：京城城門，這裡指汴京（今河南省開封市）城門之外。帳飲：在郊外搭起帳幕設宴餞行。無緒：沒有情緒。
(4) 處：時。蘭舟：相傳魯班刻木蘭樹為舟（見《述異記》），後用作船的美稱。
(5) 凝噎：悲痛氣塞，說不出話來。
(6) 去去：重複言之，表示行程很遠，猶一程又一程。孟浩然〈送吳悅遊韶陽〉詩：「去去日千里，茫茫天一隅」為這句本。
(7) 暮靄（音矮ㄞˇ）：傍晚的雲氣。楚天：南天。古時江南一帶多屬楚國故稱。
(8) 清秋節：冷落淒涼的秋天。節：節令。
(9) 經年：經過一年或一年以上，即年復一年的意思。
(10) 風情：男女相愛的情意。

【賞析】

這是柳永最負盛名的一首描寫別情的詞。詞鋪敘展衍，宣洩盡情，歷來被推崇備至。而酒作為本詞

構思的中心線索，卻常被人所忽視。詞上片寫餞別情狀，欲飲無緒，醉不成歡，以至悲痛欲絕。下片推想別後酒醒，以景襯情，凄迷婉麗，更是「古今俊句」。

宋代俞文豹《吹劍錄》中有一條著名的記載：蘇軾曾問其屬下，自己的詞比柳永怎樣，得到的回答是：柳詞「只合十七八女郎，執紅牙板，歌『楊柳岸曉風殘月』」；蘇詞則『須關西大漢，銅琵琶，鐵綽板，唱『大江東去』」。這則記載以蘇、柳各自名句比較兩人風格，形象貼切，成為詞壇佳話。

有趣的是，蘇軾〈念奴嬌〉中也說「一樽還酹江月」，「十七八女郎執紅牙板」，又是宋代官員文酒之會上歌妓唱曲侑酒之舉。酒與宋詞的不解之緣從這些名作中也可略見一斑。

蝶戀花

柳永

佇倚危樓風細細。①
望極春愁，黯黯生天際。②
草色煙光殘照裡，③　無言誰會憑欄意？
擬把疏狂圖一醉。④

對酒當歌，⑤　強樂還無味。⑥
衣帶漸寬終不悔，⑦　為伊消得人憔悴。⑧

(1) 佇（音佇ㄓㄨˋ）：久立。危樓：高樓。
(2) 黯（音黯ㄢˋ）黯：昏黑貌。
(3) 殘照：夕陽。
(4) 擬把疏狂：打算放縱一下。疏狂：生活狂放不羈的意思。
(5) 對酒當歌：曹操〈短歌行〉：「對酒當歌，人生幾何？」
(6) 強樂：勉強尋歡作樂。
(7) 衣帶漸寬：表示人逐漸消瘦。漢代〈古詩〉：「相去日已遠，衣帶日已緩。」
(8) 伊：她。消得：值得。

【賞析】

這是一首借醉酒訴說愛情之作。詞開篇闋末點出「春愁」具體內容，只說他登樓望遠，黯然神傷，想疏狂一醉，又索然無味。詞末兩句，才道出箇中隱情。多愁勞神，濫飲傷身，但為了心中的「她」，全都值得。這是真摯忠貞的愛情誓言，歷來為人們所傳誦。

七哀

曹植

明月照高樓，流光正徘徊。
上有愁思婦，悲嘆有餘哀。
借問嘆者誰？言是宕子妻。
君行逾十年，孤妾常獨棲。
君若清路塵，①妾若濁水泥。
浮沉各異勢，會合何時諧？②
願為西南風，長逝入君懷。
君懷良不開，賤妾當何依？③

(1) 清路塵：喻丈夫如在外飄蕩的塵土，風一吹就飛散不知何處。

(2) 異勢：異，不同。勢，方向、走勢。不同的方向，喻雖結為夫妻卻不曾聚首一起，總是各奔西

東。

(3) 良，若，郎君若不開懷接納，我又當何依靠呢？

【賞析】

看來這位思婦將會落進一個像嚴冬一樣的悲慘深淵中去了。

首二句，以景襯人，手法別緻。「明月」在天，「高樓」在地，有距離，便有動感。月有動態，便有人的動態。月的晃動如漣漪，人的心潮像波瀾；月的流連，也如人的躑躅。寫月寫樓為的是寫人。月只一輪，是孤月，樓雖巍峨，是孤樓；明月璀璨但卻慘白，高樓華美但極幽邃。因此，在皎皎的光暈中已透出啼血的斑痕，在澄澄的卉彩裡正露出濃黑的悲涼。

一個在月明下、高樓上哀哀獨處的怨婦形象已呼之欲出。在封建社會裡，婦女只能深鎖重閨，課習女紅。遊宦、訪友、會親、經商、從學，大多是與婦女無緣的。而男子仕途的坎坷，生計的困頓，經商的挫折抑或情義的薄倖，又常會使丈夫一離家門，永無返歸的事件發生，終使居家的妻子淪為可悲的怨婦。

現在這位怨婦已和丈夫分居整整十年了。夫如清塵，己如濁泥，高下異處，已歷十載。在這苦苦難熬的十年中，一懷苦水又能向誰訴說？這是二層哀。況又是窗外孤月在天、夜空如水、長天如洗、纖雲不度、經塵不起、南風依人的時候。碧海青天，如一縷輕煙，層層迷霧，疊疊夢幻。十年的苦難化作一願，這位思婦唯願把自己變作向北吹去的煦煦南風，帶上自己的相思夢雲，連著一瓣心香、滿腔柔情投

入遠在天涯的丈夫的胸懷。「願為西南風」飽含著這位思婦十年多來多少的血淚和辛酸啊！

「南風」既暗示著思婦獨處天南，丈夫遠在海北的悲劇，而且又暗示著時當春天。原來思婦年年從春盼到夏，從夏盼到秋，從秋盼到冬，她是在夜以繼日、一年四季、年復一年的苦思中度過這整整十年的。但是這最後的願望又是否能如願以償呢：「君懷良不開，賤妾當何依？」

種葛篇

曹植

種葛南山下，葛藟自成蔭。①
與君初婚時，結髮恩義深。
歡愛在枕席，宿昔同衣衾。②
竊慕棠棣篇，好樂和瑟琴。
行年將晚暮，佳人懷異心，
恩紀曠不接，我情遂抑沉。
出門當何顧，徘徊步北林。

下有交頸獸，仰見雙棲禽。⑶
攀枝長嘆息，淚下沾羅襟。
良馬知我悲，延頸對我吟。
昔為同池魚，今為商與參。⑷
往古皆歡遇，我獨困於今。
棄置委天命，悠悠安何任。

⑴ 葛藟：藟音磊ㄌㄟˇ，為一種蔓生的草名，常依附在藤上，比喻為夫妻感情深厚，如影隨形。
⑵ 衾：衾音衾ㄑㄧㄣ，為棉被。
⑶ 交頸獸：指飛雁或野鴨，此類動物於睡眠時多為交頸而眠，雙棲為合。
⑷ 商與參：商與參（音身ㄕㄣ）為天上兩顆星宿，南北一方永不會合，喻夫妻從此絕緣，永無合復之日。

【賞析】

這是一首始亂終棄的棄婦詩。由棄婦的心中描寫出對丈夫的鍾情，以及被棄後仍然依戀著前夫的痴心與痛苦，從而激起人們對製造悲劇的元凶的切齒痛恨。

全詩寫出了棄婦從新婚、初婚、婚後、婚變以至被棄的全過程。在每一過程中又寫出了棄婦的內心感受。記述與議論兼具，敘事與抒情交融，因此更富感人力量。《詩經》有〈葛覃〉和〈樛音ㄐㄧㄡ木〉篇，它用葛與藤的纏繞相附比作新婚燕爾時夫妻如膠似漆、如魚得水恩恩愛愛的親密感情。初婚時夫妻雙雙情意正濃，同衾共枕，同行共止。婚後舉案齊眉，形影相隨，樂如琴瑟，相親相愛。但是不久年華流逝，色衰人老，丈夫心懷異志，恩斷義絕而遺棄她。被棄後她被逐出家門，目睹交頸之獸的相偎，仰見雙棲之禽的相依，更刺痛了棄婦的心靈，其痛苦之情難以言述，以至連馬亦為之低吟、悲鳴！這樣的遭際，任誰都會一抒憐惜之聲，一灑同情之淚。被棄後的生活無依無靠，昔日的夫妻情分，變作陌路輕塵，勞燕分飛，如同商星、參星遙遙獨處，永無會合之日再圓之時。只能咽下幽恨，吞下苦果，自怨命苦。

曹植當時所處的漢末建安時代，這位棄婦的悲苦命運無疑是那個動亂時代流離之痛的一個縮影。在那個動亂年代，像這位棄婦的悲劇又何止一個！所以製造悲劇的元凶，已不只是一個喜新厭舊、朝秦暮楚的負心漢，而是造成社會亂離的腐朽勢力。棄婦的形象也就具有了時代的氣息和光彩。

贈婢

崔郊

公子王孫逐後塵，① 綠珠垂淚滴羅巾；②
侯門一入深如海，③ 從此蕭郎是路人。④

(1) 公子王孫：指達官顯貴的子弟、豪貴之家。逐：追逐。後塵：後面。王子公孫大爺們愛其美豔，都跟在她後面巴結奉承。
(2) 綠珠：為一美豔而苦命的女人，因其美豔多遭愛慕，卻在權大勢大的逼迫下跳樓自殺。
(3) 喻豪富之家庭院廣大，門禁森嚴。
(4) 蕭郎：詩中之習慣語，指所愛慕的人。

【賞析】

唐末范攄（攄ㄕㄨ）所撰筆記《雲溪友議》中記載了這樣一個故事：元和年間秀才崔郊的姑母有一婢女，生得姿容秀麗，與崔郊互相愛戀，後卻被賣給顯貴崔郊百感交集，寫下了這首〈贈婢〉。一次寒食

節，婢女偶然外出與崔郊邂逅（邂逅），崔郊念念不忘，思慕無已。後來于頔（迪）讀到此詩，便讓崔郊把婢女領去，傳為詩壇佳話。

這首詩的內容寫的是自己所愛者被劫奪的悲哀。但由於詩人的高度概括，便使它突破了個人悲歡離合的局限，反映了古代社會裡由於門第懸殊所造成的愛情悲劇。詩的寓意頗深，表現手法卻含而不露，怨而不怒，委婉曲折。

「公子王孫逐後塵，綠珠垂淚滴羅巾」，上句用側面烘托的手法，即透過對「公子王孫」爭相追求的描寫，突出女子的美貌；下句以「垂淚滴羅巾」的細節表現女子深沉的痛苦。公子王孫的行為正是造成女子不幸的根源，然而這一點詩人卻沒有明白說出，只是透過「綠珠」一典的運用曲折表達。綠珠原是西晉富豪石崇的寵妾，傳說她「美而豔，善吹笛」。趙王倫專權時，他手下的孫秀倚仗權勢指名向石崇索取，遭到石崇拒絕。石崇因此被收押下獄，綠珠也墜樓身死。用此典故一方面形容女子具有綠珠那樣美麗的容貌，另一方面以綠珠的悲慘遭遇暗示出女子被劫奪的不幸命運。於看似平淡客觀的敘述中巧妙地透露出詩人對公子王孫的不滿，對弱女子的愛憐同情，寫得含蓄委婉，不露痕跡。

「侯門一入深如海，從此蕭郎是路人」，「侯門」指權豪勢要之家。「蕭郎」是詩詞中習用語，泛指女子所愛戀的男子，此處是崔郊自謂。這兩句沒有將矛頭明顯指向造成他們分離隔絕的「侯門」，倒好像是說女子一進侯門便視自己為陌路之人了。但有了上聯的鋪墊，作者真正的諷意當然不難明白，之所以要這樣寫，一則切合「贈婢」的口吻，便於表達詩人哀怨痛苦的心情，更可以使全詩風格保持和諧

一致，突出它含蓄蘊藉的特點。詩人從侯門「深如海」的形象比喻，從「一入」、「從此」兩個關聯詞語所表達的語氣中透露出來的深沉的絕望，比那種直露抒情更哀感動人，也更能激起讀者的同情。

這首詩用詞極為準確，在古代社會裡，造成這類人間悲劇的，上自皇帝，下至權豪勢要，用「侯門」概括他們，實在恰當不過。正因為如此，「侯門」一詞便成為權勢之家的代詞；「侯門似海」也因其比喻的生動形象，形成成語，在文學作品和日常生活中廣泛應用。

題都城南莊①

崔護

去年今日此門中，人面桃花相映紅。
人面不知何處去，②桃花依舊笑春風。

(1)《本事詩》載崔護於清明日獨遊長安城南，見一莊園，花木叢萃，而寂若無人。護口渴，叩門求飲，有女子以杯水至，開門設床命坐，獨倚小桃斜柯而立，意屬殊厚。久之，崔辭去，女送至門，如不勝情而入；崔亦睠盼而歸。來歲清明，護復往尋之，門牆如故，而已鎖扃，因題詩於

左扉。

(2) 人面句：一作「人兒不知何處去」。

【賞析】

這首詩裡藏著一個著名的愛情故事。有一年清明節，年輕詩人崔護到長安城南的郊外踏青，向桃花樹旁的一位農家姑娘討水喝，兩人邂逅相遇脈脈含情。第二年清明節，崔護想起了那樹桃花和樹下的姑娘，又到那裡相訪，只見牆內桃花依舊盛開門卻鎖著，見不到那位姑娘了。崔護惘然若失，禁不住在門上題下了這四句詩（見唐代孟棨撰《本事詩》）。這詩是從心底裡流出來的，真可謂「只見性情，不見文字」。如行雲流水，自成紋理。詩中把去年和今年的「景」是「人」非、人和桃花的存失對比著寫，在回想的詠嘆中，把憶昔感今的一腔柔情和盤托出。

去年，也就是在今日也就在這個庭院，那位姑娘漂亮的臉兒和盛開的桃花互相映襯格外美麗，花也格外豔紅。如今，那漂亮的人兒何處去？只剩下豔美的桃花還和往日一樣，依然在春風裡歡笑！徒見昔日景，不見去年人，情何以堪？如趙嘏（音股ㄍㄨˇ）〈江樓感舊〉詩云：「同來玩月人何在？風景依稀似去年。」無限悵惘，全在昔與今、景與人的穿插組合中傳出。

在這首詩裡，「人面」與「桃花」的互相映襯、互相補充、互相發生的關係是十分巧妙的。「人面桃花相映紅」，「人面」既然能因「桃花」相映而紅，「桃花」既然能得「人面」相映而更紅，可見那姑娘確是臉泛紅暈、喜上眉梢，絕不是「冰山美人」式的面孔。「桃花依舊笑春風」，喚起了昔日桃花

美人含笑的回憶，桃花依舊笑臉相迎，那花下之人令人不得不更加憶念。「人面桃花」從此成為人們熟知的典故，並非偶然。

《本事詩》裡的故事的結局是：後來那位姑娘見到了崔護的題詩，竟然情傷而死，幸虧崔護哭著把她喚醒過來，二人遂成夫妻而成就了一樁好姻緣。愛情終於戰勝了死神，這是人們所樂見的願望。這結局無疑是好心腸的「好事者」所加，因為人們樂於見到這樣的結局。

悼亡三首

梅堯臣

結髮為夫婦，於今十七年。
相看猶不足，何況是長捐！①
我鬢已多白，此身寧久全？②
終當與同穴，未死淚漣漣。
每出身如夢，逢人強意多。③
歸來仍寂寞，欲語向誰何？
窗冷孤螢入，宵長一雁過。
世間無最苦，精爽此銷磨。④

從來有修短，豈敢問蒼天？　見盡人間婦，無如美且賢。
譬令愚者壽，何不假其年？　忍此連城寶，沉埋向九泉！

(1) 捐：捨棄不要的意思，長捐謂長久捨棄。
(2) 寧：難道，豈。
(3) 強意：強：勉強。意指強顏歡笑。
(4) 精爽：精神，精力，心血。

【賞析】

北宋大詩人梅堯臣的〈悼亡〉詩，是古代悼亡詩中的佳作。慶曆四年（一〇四四年），作者任湖州監稅期滿，攜同家屬乘船回京城開封。七月七日行至江蘇高郵，謝氏染病死於途中。喪妻的不幸猶如五雷轟頂，給作者精神上重大打擊。他蘸著淚水寫成了動人的詩，當時文壇領袖歐陽修看後深受感動，於是親自為謝氏作了墓志銘。

第一首回顧夫妻生活和喪妻後的悲痛。前四句談到結婚十七年來，冬春荏苒，寒暑流易，而夫妻之間相親相愛，日久彌篤。

「相看猶不足」一句，真切地把他們相互愛慕、感情繾綣表現了出來。他們希望永久相守，白頭偕老，可是突然間謝氏竟然撒手而去，這令作者不堪承受。所以，作者痛惜地寫道：「何況是長捐！」這

在形式上固然不同於婦道人家的捶胸頓足，號啕大哭，但內在的感情其實是非常沉痛的，由此接出下面四句，描述作者在巨大哀痛之中的情形。

他淚水漣漣，鬢髮蒼蒼，身體明顯地衰弱下去，只覺得自身難保，不久亦當歸於黃土，於是萌生出唯一的要求；與亡妻同穴合葬。過去，愛情詩中常以天上比翼鳥、地下連理枝等來比喻夫妻相守的美好生活，作者喪妻後，對這種境界已經無法企及，並且在悲痛時也根本沒有那種情緒，他要求死後同穴，雖然情調顯得比較低沉，然而卻是十分真實的。

第二首寫喪妻後孤身獨處，形單影隻的淒慘境遇。美滿幸福的婚姻曾使作者深深感受到家庭生活的溫暖，當這種生活常規一旦被打破，就不可避免地造成一種強烈的失落感。詩的頭兩句言作者外出時魂不守舍，神情恍惚，情緒低沉。「逢人強意多」，強意，意為強顏歡笑，這是說遇見熟人，雖然打起精神強顏應酬，但其實不哭而神傷，內心的哀苦是無論如何也掩飾不住的。回到家中欲語無人滿目淒涼，與謝氏在世時笑臉相迎、言語溫馨的情景形成了鮮明的反差。五、六句中，「窗冷孤螢入」是指所見，「宵長一雁過」是指所聞。正是由於作者哀思綿綿，輾轉反側難以成寐，才會注意到「孤螢」和「一雁」，而「孤」與「一」又均和作者的零丁孤單相映照，更給作者添上了一層哀愁。像作者這樣，無論白天還是黑夜，都要受到精神的煎熬，怎能不疲憊，不衰老呢？所以，最後兩句總嘆喪妻之苦，表明作者的精力心血（精爽）都為此銷磨殆盡了。

第三首是對蒼天的責問。古人認為，人的生老病死都是命中注定的。在人們還無法認識客觀世界，

無法把握自身的命運時，自然要向被認為是萬能的蒼天發問。詩中說「豈敢問蒼天」，似乎是認為謝氏之死與蒼天無干，不必向蒼天提問，而其實「豈敢問」是假，偏要問是真。老天爺既然讓愚者長壽，卻為何忍心讓「美且賢」的謝氏沉埋在九泉之下？這種充滿憤激的責問是為了最有價值的東西被無情地毀滅而發，是哀極而怨，他不是野叟村夫無知無識而對蒼天的痛罵，而是有高度文化修養的作者在內心極為痛苦的情況下為宣洩鬱結、排解塊壘而發。儘管作者這樣做並不能招來謝氏的魂魄使之復生，然而畢竟可以深致其哀，充分表達自己的心意，所以即使在今天看來也是可以理解，是合乎人情物理的。

這些詩都作於作者痛楚未定之時，而以長歌當哭抒發內心悲愴的。讀這些詩，可以想見作者一面哭，一面寫，字字含血，句句帶淚，情感十分深沉凝重。

寄外

陳蓮姐

一緘草草鑑疏慵，折疊還開未敢封。①
只恐衷腸將不去，墨痕怎似淚痕濃？②
雁影雲蹤隔峰嵐，計程書到月經三。③

休言半紙無多重，萬斛離愁盡耐擔。

(1) 一緘：緘（音緘ㄐㄧㄢ），一封。

(2) 將：帶。墨痕怎似淚痕濃，喻濃濃的情意非筆墨所能書寫。

(3) 雁影雲蹤隔峰嵐：比喻路程很遙遠間隔萬山。計程：計算路程時間。信到達的時間約需三個月。

【賞析】

雖為懷人之作，陳蓮姐並不作細膩的描述，她用絕句形式，以極為簡樸的語言，直抒其情，但卻極準確地揭示出深層次的豐富內涵，具有很強的藝術力量。

這首詩，捕捉的是給丈夫的書信寫好後正要封口寄出的瞬間心理，作者從新穎的角度以一種奇特的想像，只著隻字片語，便極有深度地點化出對丈夫的沉摯思念之情。

「一緘草草鑑疏慵，折疊還開未敢封。」信寫好了，作者將其折疊起，復又展開，不敢封口，為什麼呢？「只恐衷腸將不去，墨痕怎似淚痕濃？」原來她擔心自己哀傷的思念，與濃深的情意沒有帶去，為此而深覺不妥。作者選擇的正是這種最能表現出自己難言之情的「生發性」時刻，借一想像的手法，便將痴情寫實得徹骨了。

「雁影雲蹤隔峰嵐，計程書到月經三。」還未封口，作者已算計著丈夫收到信的時日，足見意之急切。

「休言半紙無多重，萬斛離愁盡耐擔。」作者並不花筆墨去詳述自己的離愁如何，而只是以「萬斛」的計量單位，極言離思之重，這就收到了以一當十的藝術效果，令讀者在新巧的想像和簡鍊的語言中，領略到深遠婉約的雋永情韻，具有很大的感染力。

述懷二首

陳梅庄

一片愁心怯杜鵑，懶妝從任鬢雲偏。①
怕郎說起陽關意，②常掩琵琶第四弦。③
山城落日弄昏黃，又了平生半日忙。
侍妾不須燒絳蠟，讓他明月入迴廊。④

(1) 懶妝：懶得打扮，因為打扮也無伊人看。從任：就任它鬢髮消散斜偏一旁。
(2) 陽關意：語出王維「西出陽關無故人」，喻離別、遠走他鄉之意。
(3) 琵琶：語借白居易〈琵琶行〉中「我聞琵琶已嘆息」，古人常借琵琶之音，表思念、離別之意。

(4) 不願點起蠟燭照明，人因燭光照映更使我顯得孤獨，而任它月光照進迴廊。

【賞析】

首句以「愁心」發端，通貫全篇。宋人何應龍有〈杜鵑〉詩云：「君若思歸可便歸，故鄉只在錦江西。不知何事留君住，卻向空山日夜啼。」杜鵑，其叫聲淒厲動人哀思。「一片愁心」，聽到杜鵑哀苦的鳴叫，更增添其愁苦之情，怎能不使她膽怯心驚呢？也正因為一片愁心心無情緒，柔軟如雲的鬢髮，任憑它斜偏在邊，也懶得梳妝打扮了。這兩句，使一個心灰意懶、淒愁不堪的女主人公的形象如在眼前。

為什麼女主人公如此愁苦不堪呢？「怕郎說起陽關意」一句，點出了箇中原因。唐代詩人王維〈送元二使安西〉詩云：「西出陽關無故人。」由此，「陽關」一詞便成了離別的同義語。原來，女主人公之所以愁心一片、心灰意懶，是因為害怕提起丈夫的離別。白居易〈琵琶行〉有云：「我聞琵琶已嘆息」，「弦弦掩抑聲聲思」。低沉幽咽的琵琶第四弦，也就常常被她掩而不彈了。

如果說第一首中的「懶妝從任鬢雲偏」，是寫主人公早起時的離別愁；那麼，第二首則寫月夜獨坐思離人。儘管她「怕郎說起陽關意」，但「西出陽關」畢竟已成現實。「山城落日弄昏黃」，是女主人公思夫的時間和背景，也是她淒愁之情的鮮明映襯。日落黃昏，夜幕降臨，已到掌燈時分，而女主人公一反生活常規，使侍女不再像往常那樣忙碌於點燭上燈，因為她害怕燭光照出自己孤寂的身影。

她寄情明月而「讓他明月入迴廊」。這七字，使對月夜坐、思念遠人的女主人公的形象栩栩如生，

可想可見。孟郊〈古怨別〉：「別後唯所思，天涯共明月」；白居易〈夜坐〉：「斜月入前楹，迢迢夜坐情」，實在是「讓他明月入迴廊」的最好注腳。

這兩首詩，分別從早起和夜坐兩個角度，抒發了主人公的別恨離愁，表達了主人公深摯的思念。託物言愁，借景抒情，使物、景、情交相融和，構成了統一和諧的畫面。情絲縈繞，思緒悠長，頗能引起讀者的共鳴。

望月懷遠①

張九齡

海上生明月，天涯共此時。②
情人怨遙夜，竟夕起相思。③
滅燭憐光滿，④披衣覺露滋。⑤
不堪盈手贈，還寢夢佳期。⑥

(1)「懷遠」，思念遠方的親人。

(2)「天涯」，猶言天邊。這兩句是說這時遠在天涯的親人和我同樣在望月。

(3)「情人」，有懷遠之情的人。「遙夜」，長夜。「竟夕」，終夜。

(4)「憐」，愛惜之意，滅燭見月光佈灑滿屋而覺其可愛。這句寫室內望月。

(5)「披衣」，表示出戶。「滋」是沾潤之意。這句寫室外久望。

(6)末兩句言月光雖可愛卻不能抓一把贈送給遠人，倒不如回到臥室裡尋一個美好的夢。陸機〈擬明月何皎皎〉詩中描寫月色云：「照之有餘輝，攬之不盈手。」為此詩「盈手」之語所本。「不堪」，不能。「寢」，臥室。「佳期」，歡娛的約會。

【賞析】

這是一首月夜懷念遠人的詩。起句「海上生明月」意境雄渾闊大，是千古佳句。它和謝靈運的「池塘生春草」，鮑照的「明月照積雪」，謝脁的「大江流日夜」以及作者自已的「孤鴻海上來」等名句一樣，看起來平淡無奇，沒有一個奇特的字眼，沒有一分渲染的色彩，脫口而出，卻自然具有一種高華渾融的氣象。

第二句「天涯共此時」，即由景入情，轉入「懷遠」。前乎此者有謝莊〈月賦〉中的「隔千里兮共明月」，後乎此者有蘇軾〈水調歌頭〉詞中的「但願人長久，千里共嬋娟」，都是寫月的名句，其旨意也大抵相同，但由於各人以不同的表現方法，表現在不同的體裁中，謝莊是賦，蘇軾是詞，張九齡是詩，相體裁衣，各極其妙。這兩句把詩題的情景，一起就全部收攝，卻又毫不費力，乃是張九齡作古詩

時渾成自然的風格。

從月出東斗到月落烏啼，是一段很長的時間，詩中說是「竟夕」，亦即通宵。這通宵的月色對一般人來說，可以說是漠不相關的，而遠隔天涯的一對情人，因為對月相思而久不能寐，只覺得長夜漫漫，故而落出一個「怨」字。三、四兩句，就以怨字為中心，以「情人」與「相思」呼應，以「遙夜」與「竟夕」呼應，上承起首兩句，一氣呵成。這兩句採用流水對自然流暢具有古詩氣韻。

竟夕相思不能入睡，怪誰呢？是屋內燭光太耀眼嗎？於是滅燭，披衣步出門庭，光線還是那麼明亮。這天涯共對的一輪明月竟是這樣撩人心緒，使人見到它那姣好圓滿的光華，更難以入睡。夜已深了，氣候更涼一些了，露水也沾溼了身上的衣裳。這裡的「溼」字不僅是潤溼，而且含滋生不已的意思。「露滋」二字寫盡了「遙夜」、「竟夕」的精神。「滅燭憐光滿，披衣覺露滋」，兩句細巧地寫出了深夜對月不眠的實情實景。

相思不眠之際，有什麼可以相贈呢？一無所有，只有滿手的月光。這月光飽含我滿腔的心意，可是又怎麼贈送給你呢？還是睡吧！睡了也許能在夢中與你歡聚。

「不堪」兩句，構思奇妙，意境幽清，沒有深摯情感和切身體會，恐怕是寫不出來的。這裡詩人暗用晉陸機「照之有餘輝，攬之不盈手」兩句詩意，翻古為新，悠悠託出不盡情思。詩至此戛然而止，只覺餘韻裊裊，令人回味不已。

桃花溪①

張旭

隱隱飛橋隔野煙，② 石磯西畔問漁船。③
桃花盡日隨流水， 洞在清溪何處邊？④

(1) 湖南桃源縣西南有桃源山，山西南有桃源洞，洞口有水，與桃花溪合流入沅江，傳說是東晉陶潛描寫「桃花源」故事的地理背景。此詩暗用其意。

(2) 「隱隱」：隱約不分明貌。飛橋：指長橋。

(3) 「石磯」：水邊突出的大石。

(4) 「何處邊」：即何邊處，在什麼地方啊？

【賞析】

桃花溪在湖南桃源縣桃源山下。溪岸多桃林，暮春時節落英繽紛，溪水流霞。相傳東晉陶淵明的〈桃花源記〉就是以這裡為背景的。

張旭描寫的桃花溪，雖然不一定是指這裡，但卻暗用其意境。

此詩構思婉轉，情趣深遠，畫意甚濃。「隱隱飛橋隔野煙」，起筆就引人入勝：山野谷雲氨繚繞；透過雲霧望去，那橫跨山溪之上的長橋，忽隱忽現似有似無，恍若在虛空裡飛騰。這境界多麼幽深、神秘，令人神往，如入仙境一般。在這裡靜止的橋和浮動的野煙相映成趣：野煙使橋化靜為動，虛無飄渺，臨空而飛；橋使野煙化動為靜，宛如垂掛一道輕紗幃幔。隔著這幃幔看橋，使人格外感到一種朦朧美。「隔」字，使這兩種景物交相映襯，溶成一個藝術整體：「隔」字還暗示出詩人是在遠觀，若是站在橋邊，就不會有「隔」的感覺了。

下面畫近景。近處，水中露出嶙峋岩石，如島如嶼（石磯）；那飄流著片片落花的溪上，有漁船在輕搖，景色清幽明麗。「石磯西畔問漁船」，一個「問」字，詩人也自入畫圖之中了，使我們從這幅山水畫中，既見山水之容光，又見人物之情態。詩人佇立在古老的石磯旁，望著溪上漂流不盡的桃花瓣和漁船出神，恍惚間，他似乎把眼前的漁人當作當年曾經進入桃花源中的武陵漁人。「問漁船」三字，逼真地表現出這種心馳神往的情態。他問得天真有趣：「桃花盡日隨流水，洞在清溪何處邊？」他似乎真的認為這「隨流水」的桃花瓣是由桃花源流出來的，因而由桃花而聯想起進入桃源之洞。這洞究竟在桃花溪的什麼地方呢？這句問漁人的話，深深表達出詩人嚮往世外桃源的急切心情。然而桃花源本是虛構的，詩人當然也知道漁人無可奉答，他是明知故問，這也隱約地透露出詩人感到理想境界渺茫難求的悵惘心情。

詩到此戛然止筆，而末句提出的問題卻引起人們種種美妙的遐想。詩人的畫筆，玲瓏剔透，由遠而近，由實及虛，不斷地變換角度，展現景物；但又不作繁膩的描寫，淡淡幾筆，略露輪廓，情蓄景中，趣在墨外，就像一幅寫意畫，清遠含蓄，耐人尋味。

節婦吟①

張籍

君知妾有夫，贈妾雙明珠；
感君纏綿意，繫在紅羅襦。②
妾家高樓連苑起，良人執戟明光裡。③
知君用心如日月，事夫誓擬同生死。
還君明珠雙淚垂，恨不相逢未嫁時。

(1) 據南宋洪邁著《容齋三筆》載：張籍在他鎮幕府，鄆帥李師古又以書幣辟之，籍卻而不納，而作〈節婦吟〉一章寄之。

(2) 羅襦：絲綢短衣。

(3) 明光：即明光殿。宮殿名。

【賞析】

此詩似從漢樂府〈陌上桑〉、〈羽林郎〉脫胎而來，但較前者更委婉含蓄。首二句說明了既明知我已是有夫之婦，還要對我用情贈明珠來挑逗，此君非守禮法之士甚明，語氣中帶微辭，含有譴責之意。這裡的「君」，喻指藩鎮李師古，「妾」是自比，十字突然而來，直接指出李師古的別有用心。

接下去詩句一轉，說道：我雖知君不守禮法，然而又為你情意所感，忍不住親自把君所贈之明珠繫在紅羅襦上。表面看，是感師古的知己；如果深一層看，話中又有文章。

繼而又一轉，說自己家的富貴氣象，良人是執戟明光殿的衛士，身屬中央。古典詩詞，傳統的以夫婦比喻君臣，這兩句意謂自己是唐王朝的士大夫。緊接兩句作波瀾開合，感情上很矛盾，心理掙扎激烈：前一句感謝對方，安慰對方；後一句斬釘截鐵地申明己志，「我與丈夫誓同生死」！最後以深情語作結，一邊流淚，一邊還珠，言詞委婉，而意志堅決。

此詩富有民歌風味，它的一些描寫，在心理刻畫中顯示，寫得如此細膩，熨貼，入情入理，短幅中有無限曲折，真所謂「一波三折」。「你雖有一番『好意』，我不得不拒絕。」這就是張籍所要表達的，可是表達得這樣委婉，李師古讀了，也無可奈何了。

竹枝詞① 二首（其一）

劉禹錫

楊柳青青江水平，聞郎江上唱歌聲；②
東邊日出西邊雨，道是無晴還有晴。③

(1) 這是『竹枝詞二首』的第一首。由於運用雙關隱語的巧妙，常常被人稱引。

(2) 「唱」，一作「踏」。「踏歌」言唱時以腳踏地為節拍。

(3) 這兩句是雙關隱語。「東邊日出」是「有晴」，「西邊雨」是「無晴」。「晴」與「情」同音，「有晴」「無晴」是「有情」「無情」的隱語。「東邊日出西邊雨」表面是「有晴」「無晴」的說明，實際卻是「有情」「無情」的比喻。歌詞要表達的意思是聽歌者從那江上歌聲聽出唱者是「有情」的。末句「有」「無」兩字中著重的是「有」。「晴」，一作「情」。作「晴」是僅僅寫出謎面，謎底讓讀者自己去猜；作「情」是索性把謎底揭出來。在南朝《樂府詩集・清商曲辭》中這種方法是並用的。

【賞析】

本詩描敘的是一位沉醉在初戀遐想中的少女的心情。她愛著一個人，但還沒有確實知道對方的態度，因此既抱有希望，又含有疑慮；既歡喜，又擔憂。詩人用她自己的口吻，將這種微妙複雜的心理成功地予以表達。

第一句寫景，是她眼前所見。江邊楊柳，垂拂青條；江中流水，平如鏡面。這是很美好的環境。第二句寫她耳中所聞。在這樣動人情思的環境中，她忽然聽到了江邊傳來的歌聲。那是多麼熟悉的聲音啊！一飄到耳裡，就知道是誰唱的了。

第三、四句接寫她聽到這熟悉的歌聲之後的內心衝擊。姑娘雖然早在心裡愛上了這個小伙子，但對方還沒有什麼表示呢。今天，他從江邊走了過來，而且邊走邊唱，似乎是對自己多少有些意思。這給了她很大的安慰和鼓舞，因此她就想到：這個人啊，倒是有點像黃梅時節晴雨不定的天氣，說它是晴天吧，西邊還下著雨，說它是雨天吧，東邊又還出著太陽，可真有點捉摸不定了。這裡晴雨的「晴」，是用來暗指感情的「情」，「道是無晴還有晴」，也就是「道是無情還有情」。

透過這兩句極其形象又極其樸素的詩，她的迷惘，她的眷戀，她的忐忑不安，她的希望和等待便都刻畫出來了。

擬客從遠方來

鮑令暉

客從遠方來，贈我漆鳴琴。
木有相思文，①弦有別離音。
終身執此調，歲寒不改心。
願作陽春曲，宮商長相尋。②

(1) 相思木的花紋。
(2) 陽春曲：古樂曲名，曲樂高深彈的人不多，懂的人也不多。此喻為因曲高和寡懂得人不多，但君得識，願為君獨奏。

【賞析】

〈擬客從遠方來〉從女子口吻敘出，大意是說得到遠地寄來半匹織著鴛鴦的綿綢，感嘆故人情意的深摯，遂裁成合歡被，周遭全飾以連環結，古詩十九首：「著以長相思，緣以結不解」，它標誌了愛情

膠漆般堅恆綿密。

首擬作亦就此命意體式承循而來，開首先點明遠人「贈我漆鳴琴」，由於古有琴瑟和諧，假鳴琴求偶等成語故典，因之器物本身便也昭示著希冀愛情美滿與雖異地睽隔，然眷戀之意相通的特定涵義。「木有相思文，弦有別離音」，從表面看，不過是語帶雙關，描述琴身的木紋，兼指彈琴以抒別愁而已；但在它的深層，實際上還憑藉一個悲慘而美麗的歷史傳說為依託。

左思〈三都賦〉：「相思之樹」，劉成注：「相思，大樹也，材理堅，邪斫之則文，可作器，其實如珊瑚，歷年不變。」又述異記載戰國時有魏民從征戍秦，久不歸，其妻苦思而卒，既葬，墳上生大木，枝條皆向夫所在而傾，時人謂相思木。這樣一來，句中「相思文」、「別離音」云云，便被賦予更豐厚的情緒內容，如伴有深沉懷想的無窮期待，熱望間夾雜著些許疑慮，孤寂日月裡透出的回憶之光……而主導基礎則仍然是堅摯不移的戀情。

「終身執此調，歲寒不改心」，正是其精神在愛情方面的充分體現。當然，這裡除了一般性的人生意義外，還有飽令暉的個人獨特認知。作為女性詩人，她對現實社會中普遍存在的女子依附於男性、色衰愛弛以至常遭遺棄的不公正現象體會尤深，因之她熱切渴求兩心愛戀的專注恆久。

「願作陽春曲，宮商長相尋！」「宮商」，中國古代用五聲音階，即宮、商、角、徵、羽，此處代指曲調；又「陽春」，古樂曲名，宋玉〈對楚王問〉：「客有歌於郢中者，其始曰下里巴人，國中屬而和者數千人……其為陽春白雪、國中屬而和者不過數十人。」此處取譬於樂，從「曲高和寡」的意義上推

衍出來，慨嘆人生的悲喜無端，難以憑恃，始愛終離者滔滔塞世，那麼，戀人間的互相理解、心靈的完美契合就彌足珍貴，也是她所執著追求的了。

效孟郊體（選一）

謝翱

閨中玻璃盆，貯水看落月。
看月復看日，日月從此出。①
愛此日與月，傾瀉入妾懷。
疑此一掬水，②中涵濟與淮。
淚落水中影，見妾頭上釵。

(1) 在玻璃盆中裝滿了水，藉著水中的倒影，看明月也看浩日。意借「千江有水千江月」與「千里共嬋娟」。

(2) 一掬水：掬：捧，即此一盆水。

【賞析】

這首詩反映閨中思婦懷念客居外地之夫，但全詩無一句明述。全詩設想奇特，從玻璃盆中貯水反照日、月著手，從兩方面來揭示閨中婦女的思緒。橫空運行的日、月，原本是遠不可及，但這明月、昊日，同照你我，正如古人所云：「千里共明月」，「千里共嬋娟」。現在月、日，落照在玻璃盆裡，近在咫尺，可以將它們攬在懷中。將這月、日攬在懷裡，也就是將遠在客地的夫君攬在胸懷。再看那盆中激蕩的水，難道不是來自濟、淮之水，難道不是來自夫君居住的河流來的流水嗎？這種種，無不飽含著思婦之情。但是，這只不過是主觀的幻想，正是「水中月」、「鏡中花」。現實情況是怎樣呢？玻璃盆中見到的是落淚的面影和頭上的金釵影。

全詩借物寄情，託物抒懷，正是這詩篇創作手法的特點。

春江曲

蕭綱

客行只念路，①　相爭渡京口。②
誰知堤上人，　拭淚空搖手。③

(1) 念路：心中掛念著趕路怕誤了期。

(2) 京口：港口、碼頭。

(3) 好一幅令人傷感的畫面，一隻手拿著手怕擦拭那流不止的淚水，另一手在空中搖動著揮手道別，口中還唸著：「多保重、早去早回啊！」

【賞析】

如果說，一首成功的描繪生活場景的小詩，就是一幅畫或一幅攝影藝術作品的話，那麼，把這首〈春江曲〉比作一位高明的攝影藝術家所捕捉的送別鏡頭，則是最適合不過的了。

你瞧：渡口上，行人為了趕路，生怕誤了船時，紛紛爭相登舟；河堤上，一位送行的女子一邊拭淚一邊搖手，向那即將遠去的心上人告別。她在送誰？人們不知道，反正是那匆匆登船的人員當中的一個。也許是那位調任新職抑或稍有升遷的小官吏，也許是那位為謀利而捨家奔波的烏巾商人，也許是那位負笈遠遊或是將赴京趕考的白面書生，也許是那位正值丁憂急奔喪返鄉的素服漢子……如果在這匆匆登船的芸芸眾生之中，有那麼一位回過頭來向堤上望上一眼，或者有那麼一位登舟之時腳步稍有遲疑，人們也就知道她送的是誰了。遺憾的是，沒有，一位也沒有。

她送的是誰？只有她心裡知道。而此時此刻，她的一片痴情，他卻不知道，因為他顯然是無暇顧及。在這特定的時間、特定的環境、特定的氣氛中，他所想的只是趕路；而在這特定的時間、特定的環

境、特定的氣氛中，她所想的卻仍然只是他。這一男一女，也許是一對情人，也許是一對夫妻，毋庸置言，他們正深深地相愛著。可是，此時此刻他們的行為和思想卻出現了這麼強烈的反差！

詩人機敏地抓住了這一特定的生活場景，並準確地將這一反差展現給了讀者，從而使讀者感情的天平產生了傾斜：對那位男人，或責備或輕蔑，至好也不過是予以諒解；對那位女人，人們則或同情、或惋惜、甚至會表示某種程度的欽敬。這正是小詩〈春江曲〉所要達到的藝術效果。這〈春江曲〉只有二十個字，而且通篇明白如話，讓人一讀就懂。然而，在這淺顯的文字下面卻蘊含有豐富的內容。讀者只要仔細品味，是會感到其味無窮的。

經典愛情故事

一曲〈鳳求凰〉千古〈白頭吟〉

——司馬相如與卓文君

司馬相如是漢初以來最有名的大辭賦家。他的辭賦體制博大，辭藻富麗，對後代辭賦作家產生了很大的影響。

他有一篇著名的〈美人賦〉，據說是為他的夫人——卓文君作的。他們之間還有著一段傳誦千古的愛情經歷。

司馬相如很年輕的時侯，就已文名大振，與他交遊的也是一些富豪顯貴。後來漢景帝聞說此人，命召進朝廷，拜為武騎常侍。司馬相如本是個風流才子，而漢景帝則是一位治國的有道君主，偏偏對辭賦吟哦之事不感興趣。所以司馬相如便覺得索然無味。正在這時，梁孝王來朝進見，深喜司馬相如才名，並將身邊一些當時的名士鄒陽、枚乘等人介紹給司馬相如，司馬相如十分高興。不久，司馬相如因病免武騎常侍之職，便客居在梁孝王國中，日日與枚乘等人切磋交遊，過得十分自在。也就是在這個時候，

司馬相如寫出了著名的〈子虛賦〉。

後來，梁孝王去世，司馬相如只好回成都老家。但家中貧困不堪，難以維持生計。因想到素常與臨邛（音ㄑㄩㄥˊ）令王吉交往過密，於是就去投奔王吉。王吉熱情地接待了他，撥給他一所房子居住，還不時地探望問候，備盡殷勤之意。臨邛的富豪名紳們聽說司馬相如來到了臨邛，也一致認為這是臨邛的榮耀。

話說這一天，卓王孫府裡請客。說起卓王孫來，臨邛人沒有不仰慕的。卓王孫家中畜奴一千多名，金銀珠寶無數，府裡的建築也很華貴別致，不是一般人可以比的。

另外，卓王孫還有兩個好朋友，一個姓程，另一個姓鄭，這兩個人都很富有，在臨邛也是很不了起的人物。今天的宴會就是他們倆幫忙操持的。請帖兩天前就派人一一地送去了，不一時，客人們都陸續來到，王吉也不例外。當下這些人坐在一起，稱兄道弟，談古論今，十分熱鬧，卓王孫也十分高興。

一旁的臨邛令王吉笑著說道：「如此盛會，實在難得。正可謂千秋獨步。卓公聲望之隆，臨邛是沒有人能夠比得上了。」

卓王孫笑著拱了拱手道：「王大人過譽了，卓某不過是個山野村夫罷了，一切還望王大人提攜。」略一沉吟，接著道：「聽說當今名士司馬相如客居在大人治下。不知老大人可否引見，如睹豐儀，誠卓某之幸。」

王吉道：「卓公還是不要我引見的好。適逢今日盛會，正好請上司馬相如，又何必另外引見呢？」

卓王孫道：「只是這時候下帖實在太怠慢了，司馬相如怪罪起來，不好看吧。」

王吉笑道：「你多慮了。那司馬相如是個倜儻之士，這些小節，想來是不拘的。假若真請不來，下官必要親自去一趟把他請來。你看如何？」王孫聽了王吉這番話，才放心地叫家人捧帖去延請司馬相如。

去不多時，家人返回稟報：「回老爺，司馬相如相公說他有病在身，不便相擾，讓奴才向老爺轉達謝意。」王孫聽罷，轉頭看了王吉一眼，心道：「我說怎麼樣，果然，司馬相如裝病不來了，你說怎麼辦呢？」

王吉只是微微一笑，用手指了指那個家人，示意王孫問問情況。王孫就又問那家人：「你去的時候，司馬相公正在幹什麼呢？」

家人回：「司馬相公正在寫東西呢。」

卓王孫揮手示意家人下去，轉頭對著王吉說道：「這個司馬相如真是好不識抬舉！憑他是個什麼人，今落魄到這般地步，還硬要托大。卓某雖然無名無德，但畢竟也是一方人物，竟連這個臉面也沒有，實在是……」

王吉打了個哈哈：「卓公還是不生氣了吧。依我看，司馬相如不來倒對了。你想，你失禮在前，他失禮在後，這麼一來一回，等於你沒請，他也不知道這回事。」

王孫道：「縱是我帖子下得晚了，有些失禮，那司馬相如也不該如此。」

王吉笑道：「你錯了。你想想，司馬相如平常與你可有交往？既然沒有，雖蒙你去請，他又怎能貿然前來呢？再說，那司馬相如確實是有病在身，若非如此，他怎麼放著官不做，倒跟著梁孝王去了呢。」

王孫聽了這些，心頭氣平，便問王吉：「依大人的意思……」

王吉哈哈一笑，拍著王孫的手說道：「還是下官親自為卓公跑一趟，如何？」說完帶人乘轎走了。

大約一頓飯的工夫，司馬相如在王吉的陪同之下進入卓府的大廳。司馬相如向著滿座賓客深深地施了一禮，道：「躬逢盛會，實在是三生有幸。只是賤軀有些小恙，因此不敢叨擾。卓公盛情，各位的美意，相如感激不盡。」

卓王孫見了相如這一流的人才，又聽了這番話語，心裡已有幾分喜愛，當下答禮道：「相公才高千古，名播天下。寒舍敢得相公駐足，蓬篳生輝。能與相公同座，老夫之幸，更是座中眾位的幸事。」說話間，賓主入席。一時間，交杯換盞，觥籌交錯，不覺已是酒過數巡。

王吉道：「這樣的美筵，該配以名曲才好，」扭頭接著又說：「聽說相如不但文采飛揚，而且簫管也十分精通。能否彈上一曲，以助雅興呢？」

司馬相如推辭道：「相如只是粗通文墨，於音律之學，也只是略知一二而已。技陋，不敢在此獻醜。」

王吉一再相請，相如只好彈了兩曲，是中國著名的琴曲——〈鳳求凰〉，其曲辭云：

鳳兮鳳兮歸故鄉，遨遊四海求其凰，
時未遇兮無所將，何悟今夕升斯堂。
有豔淑女在閨房，室邇人遐毒我腸！
何緣交頸為鴛鴦，胡頡頏兮共翱翔？

凰兮凰兮從我棲，得托孳尾永為妃，
交情通意心和諧，中夜相從知者誰？
雙翼俱起翻高飛，無感我思使余悲！

很明顯，這是兩首關於愛情的曲子。在眾多的賓客面前，司馬相如為什麼不彈別的名曲，偏偏要揀這兩首曲子來彈呢？

事情原是這樣的：卓王孫膝下兩女一子，小女兒名叫文君，生得是沉魚落雁之容，閉月羞花之貌，眉色如望遠山，臉際常若芙蓉，肌膚柔滑如脂，顧盼神飛，俊采風流。

年方十七歲時，嫁給本地一家富貴人家的公子，夫妻原也和睦。卻未料丈夫突然得病身死，只好回母家居住。司馬相如早已聽說文君其人其事，對文君實在傾慕之極，便趁卓王孫請客之便，與王吉合計買通文君的貼身丫鬟，請她代自己向文君轉達自己的心意。並且，相如將自己的大膽要求在琴曲裡表現了出來，那就是「中夜相從知者誰？」意思是告訴小姐，如若答允，可以夜半私奔。

當然，這些只有懂琴曲的人方才知道，而滿座的賓客是無論如何也聽不出來的。但是卓文君聽得出來，她此刻就站在大廳的屏風之後。眾多賓客之中的那位相公的儀表已使她十分傾慕，而這有著豐富內涵的琴曲更令她心醉神搖了。文君站在那兒，看著司馬相如，正碰上司馬相如轉頭，立時四目相對。相如對著文君微微一笑，文君急忙把身形隱入屏風後面。

待至宴散人去，文君回到繡房，心中惘然若失。琴聲悠悠，彷彿還在耳畔響起；微笑綿綿，似乎正迎面向她走來。〈鳳求凰〉的曲辭，她在心中想了又想，一會兒喜上眉梢，一會兒又蹙緊眉頭。

一旁的丫鬟早看在眼裡，不覺抿嘴一笑：「小姐，您今天是怎麼了？又是起來，又是坐下，又是感嘆，又是歡喜的？」文君心中有事，不好意思說與丫鬟，只是不應聲。

丫鬟又說，「小姐，您看到的那個撫琴的人，就是當今名士司馬相如相公。此人人品極高，儒雅風流，連老爺都佩服他呢！」文君只是略點了點頭，還是不應聲。

丫鬟又說：「小姐，司馬相如相公早就聽說您了，並且對您十分傾慕。他一直把您當作一位未見過面的知己呢。」

文君聽了這話，心中一動，道：「丫頭，休拿這些話來羞我？你哪兒得來的這些？」

丫鬟回道：「小姐，奴婢所說的話，句句是真的。司馬相公確實說他對您傾慕已久，讓奴婢代向您轉達他的心意呢。」

文君聽了，紅了臉，笑罵道：「死丫頭！原來你攛掇外人來算計我。」

丫鬟道：「司馬相公確是這麼說的。他還說，琴中的意思，小姐自然明白，假若蒙小姐不棄，他在寓所恭候。」

文君聽到這兒，急道：「好了，好了，快不要說了。死丫頭，你簡直是想害死我。」

丫鬟一聽，慌忙道：「小姐，奴婢實在也是為您好。」

文君打斷了她的話說：「你知道什麼？他是要我和他半夜私奔……」說著，口氣緩和了些又道：「你叫我如何捨得呢？」

丫鬟道：「小姐，有什麼捨不得的？縱然是家中富貴，父兄恩厚，難道您能在家中待一生一世不成？況且這司馬相如又是一流的人品，又是一流的才名，又是多情多義，怎麼就好錯過了呢？再說，司馬相如雖然有文名，老爺也佩服，可是他家中窘迫，老爺是絕不會應允他的。但司馬相如也絕非久困之人，日後還可富貴，到那時，還可父女如初。只是這可人的郎君，恐怕一去可難再回了。」

文君聽了丫鬟這番道理，自然無話可駁，況且心中對相如本十分愛慕，只好依了丫鬟。當下主僕二人略微收拾，於夜半時分悄悄離開府邸，直奔相如寓所。見到相如，互訴傾慕之意，遂收拾停當，驅車去了相如的成都老家。

司馬相如家中什麼生計也沒有，家徒四壁，十分窮困。文君本是金銀窩裡長大的千金小姐，從小茶來伸手，飯來張口，嬌生慣養了的，何曾見過這等破敗景象？不覺後悔當初為何沒多帶得些金銀細軟。開始時，兩人因貪戀新婚之樂，雖然靠典當度日，還可勉強維持。但天長日久，相如又不會掙錢謀生，

文君帶來的東西也典當已盡，不覺日見窘迫。文君不免焦灼起來，整天愁眉不展，花容憔悴。看了意中人這樣，相如心中又何嘗不難過呢？可是他只會作文彈琴，別的營生一概不會。為了安慰文君，相如常常為她撫琴，雖然琴聲依舊，但今非昔比，再也無法提起文君的興致。

這一天，司馬相如把自己的一件皮裘悄悄交給丫鬟道：「丫鬟，把這件裘衣拿出去當了，換幾樣酒菜，我與娘子飲上幾杯。」

丫鬟道：「相公，天氣一大天地冷了，把它當了，那您穿什麼過冬呀？」

司馬相如道：「無甚關礙。你先去換了酒菜來。記住，不要和娘子說起。」

丫鬟去不多時，置辦停當。相如與文君相對而坐，相如道：「我是個沒長進的人，帶累娘子跟著受苦了。今日請娘子少飲幾杯，權代我向娘子謝罪吧。」

文君道：「相公不要說這樣的話，只要相公與我的情真，即便是漂落街頭，我也是心甘情願的。」

相如聽了，心中一酸，趕忙止住，強作笑顏道：「娘子的一片真心，相如終身銘記。請娘子飲了吧。」說完斟了一杯酒，雙手捧與文君飲了。

酒至半酣，文君已是有些醉了，不覺又想起目下家景落魄，度日艱難的事來，觸動心事，雙手抱頸，低低地抽泣起來。

相如百般勸解，文君的眼淚就如斷了線的珍珠一樣，撲簌簌只往下落。過了半晌，文君這才止住眼淚對相如說：「我想過了，咱們還是回臨邛去。雖然我爹爹不肯認我，但我哥哥、姊姊是一定不會看著

我不管的。況且咱們也可以自謀生計，總比在這兒受窮好些。」

相如到了現在，也別無他路可走，只好依了文君的意思。兩人又計議了一番，便備了車馬，回到了臨邛。到了臨邛之後，誰也不去驚擾，只將車馬變賣，開了一家酒店。文君自己濃妝豔抹，當壚賣酒，相如身著短褐，跟著伙計打雜。本來一個是風流才子，一個是大家小姐，卻幹起了這個營生，臨邛百姓一時嘆息不已。

再說卓王孫得知自己的愛女文君竟離家出走與司馬相如私奔後，勃然大怒，發誓再不認文君是他的女兒。後來，聽人說文君夫婦又回到臨邛，靠賣酒度日，更覺得臉上無光。因此閉門不出，天天在家悶坐，一些親朋好友不時從旁解勸，程、鄭兩位好友受文君兄姊之託也不時勸他道：「卓兄萬不可因一時之怒而斬斷父女之情。您只有一子兩女，文君又深得您的寵愛，況且她又是新喪了丈夫，能得司馬相如這樣的人為婿，也不算委屈了她。再說，司馬相如早已名聲遠播，又做過朝廷命官，必不是久困之人，也不辱我兄的門庭。卓兄若是成全了他們，實是不盡的功德。」

王孫嘆道：「二位賢弟所說又何嘗不是？只是賤女這樣做，教我怎生見人呢？」

大家又接著勸他道：「事已至此，卓公還是不要生他們的氣吧，宜從長計議。」

王孫想了半天，無可奈何，只好分給文君家僮百人，金錢百萬，又給她備了嫁奩之物，交代程、鄭二人給文君送去，仍不許父女相見。文君得了這筆財產後，立即與相如關了店門，仍舊回到成都，置買田宅，使用奴僕，出則車馬，入則輕裘，儼然一方富戶。

這時，漢武帝已經繼承了帝位，開始了盛漢時期的治理。一天讀書時忽然讀到了司馬相如的〈子虛賦〉，不覺連連稱好。漢武帝以為這一定是一位上古名士的遺世之作，自恨不能與之同時，不由脫口說道：「寡人假若能夠和這個人共生一時，河山不要，也不枉了。」

這時，一旁有一個叫楊得意的人，是司馬相如的同鄉，聽了武帝這句話，奏道：「啟奏陛下，這篇賦的作者並非前賢古聖，他本是先皇朝中的武騎常侍，只因得病免官，賦閑在家，所以陛下不知。」

武帝問道：「愛卿何以知道得這樣詳細？」

楊得意回道：「微臣和司馬相如本是同鄉，是以得知其詳。」

武帝大喜，便派使召司馬相如進京。司馬相如辭別了卓文君，隨著使者到了長安，入宮進見皇帝。漢武帝說道：「寡人近讀〈子虛賦〉，認為其氣勢博大，鬮理精然，彷彿古人所作。從近臣處得知，乃愛卿之文。寡人登基數載，卻未料隱沒了一位高才，可嘆！」

相如奏道：「微臣的〈子虛賦〉是述諸侯之事的，不足為觀。請允許微臣再給陛下作一篇關於天子遊獵的賦吧。」當下取過紙筆，作了一篇賦文，呈給武帝，這就是著名的〈上林賦〉。漢武帝看了，龍顏大悅，拜相如為郎，常侍左右。

後來又派相如去西南夷安撫少數民族。司馬相如受了許多封賞，置身尊貴，之後衣錦還鄉。成都上下，莫不嘖嘖稱羨。消息傳至臨邛，卓王孫十分高興，又透過程、鄭二位好友重新分給文君財產，並允准父女相見。文君從此才又開始與她的父親和好如初。

相如兩次得了卓王孫分給卓文君的財產，又得到了漢武帝的許多封賞，家道日盛。誰知相如這時卻生了納妾之心，因見茂陵人家女兒生得美貌絕倫，想聘娶為妾。不料，這件事讓文君知道了。文君十分傷心，想到當初為了與他做夫妻，割捨父兄，忍受艱辛，又受過多少委屈。沒想到他今日衣暖食足，卻要納妾，真是個負心薄倖之人。文君越想越氣，心道：「也罷，誰讓我春華已逝，花謝蝶飛了呢？可見這負心人也不過貪戀美貌，又講什麼情戀？說什麼恩愛？」想到這兒，文君遂揮筆寫了一首詩，這就是流傳千古的〈白頭吟〉。全詩如下：

皚如山上雪，皎若雲間月，
聞君有兩意，故來相決絕。
今日斗酒會，明旦溝水頭，
躞蹀御溝上，溝水東西流。
淒淒復淒淒，嫁娶不須啼，
願得一心人，白頭不相離。
竹竿何裊裊，魚尾何簁簁（魚躍貌），
男兒重意氣，何用錢刀為？

寫完後，命人給相如送去以示決絕。司馬相如看了後十分惶急，忙寫了一封長信，向文君承認自己的不是，並向文君道歉。文君氣平了之後，仍未完全原諒司馬相如，又給他寫了兩封信。其一是：

春華競芳，五色凌素。琴尚在御，而新聲代故。

錦水有鴛，漢宮有水，彼物而新，嗟世之人兮，瞀於淫而不悟！

其二是：

朱弦斷，明鏡缺，朝露晞，芳時歇；

白頭吟，傷離別，努力加餐勿念妾。錦水湯湯，與君長訣！

相如接到信後，不僅大慟，決定不再提納妾的事情，又親自回家向文君承認了錯誤。夫妻二人重又言歸於好。從此兩人過起了真正恬適的生活。

漢武帝元狩六年，司馬相如已是六十多歲的老人了，身體染了重病，臥床不起。文君守在相如的床側，一步也不離開。相如撫著文君的手，眼中落淚道：「娘子跟我受了很多的委屈，可是我實在是負你太多太多了。」

文君哭道：「相公不要說這些話，養病要緊。」

相如搖了搖頭道：「我知道，我的生命就要結束了，只是留下你一個人孤零零地在這世上，實在不是我的意思。天意如此，也奈何不得了。」緩了口氣，又深情地看著文君道：「我死之後，你不要太傷心，保重自己要緊。」言畢，溘然長逝。

從此，多情的文君，過著孤守的歲月，苦苦捱過了她沒有相如相伴的後半生。

郎才並非女貌

——諸葛亮娶醜妻

諸葛亮是三國時代蜀國的開國丞相，是中國歷史上具有傳奇色彩的智慧人物。但是，他的愛情生活卻頗為奇趣——因為他挑選的妻子是一個其貌不揚的醜女。

東漢末年，群雄割據。諸葛亮的哥哥諸葛瑾受請於東吳的孫權，因為路途不靖，所以不大回家。由於其父母去世都比較早，且諸葛瑾是老大，俗話說「長兄如父」，所以，他對兩個弟弟的前途和婚事十分關心。他不斷託人帶口信回家，要夫人盡快替二弟諸葛亮辦理婚事。

一個仲春的午後，諸葛瑾夫人來到新綠宜人的院子裡，聽得諸葛亮正在讀書，於是走過去，和諸葛亮談起婚姻大事。諸葛瑾夫人說：「黃承彥老先生親自和你提過他的女兒阿醜，你是如何想的？」

諸葛亮笑道：「人家都說她『黃頭黑膚』，奇醜無比。」

「對於黃家，你比我熟得多。你和黃老先生說古論今倒是天生的一對，將來作了丈人女婿，一定

更加親熱。至於說什麼『黃頭黑膚』，你看到了本人沒有？是不是像那些搬嘴弄舌的人所形容的那樣醜？」

聽了這幾句話，諸葛亮笑答道：「也無非是聽人家這樣說罷了，我沒有見過阿醜，不知道她長得怎麼樣。不過嘛，她寫的詩文我看過幾篇，倒覺得有些出眾的見解！」

諸葛瑾夫人說：「以耳代目，為人處事之大忌。」接著，諸葛瑾夫人又把諸葛瑾最近從東吳託人帶來的口信，告訴了諸葛亮。諸葛亮不禁激動起來，嘆息道：「哥哥身在東吳，日夜操勞政事，還念念不忘我的親事，真是使我感激。如果有適當的姑娘，嫂嫂先去看看，再讓我考慮一下。成了親也好，省得哥哥一直為我放心不下。」

諸葛瑾夫人說：「二弟，既然你覺得黃老先生家的阿醜詩文俱佳，我幾時先去探望一下，看一看她的真面目，是醜是美，我嫂嫂心中也就有數了。你看好否？」

諸葛亮也覺得嫂嫂去看看總沒有壞處，反正黃家也是有名的書香門第，絕不會因為嫂嫂去了一次，就一廂情願硬把姑娘抬進諸葛家大門的。

黃承彥是一位博學多才的名士。他膝下有一女，名叫阿醜。阿醜長到了五歲，口齒伶俐，惹人喜愛，已經能讀《離騷》了。只可惜人生得十分矮小，面孔黑得和松煙墨差不多。鄰居之中有耍貧嘴的，說是「黃頭黑膚」，很快，「黃家阿醜黃頭黑膚」便傳揚開去了。

黃夫人去世以後，黃承彥對阿醜更加喜歡，教了她不少經史百家的論著，阿醜居然也能照單全收，

加以消化。因此，雖然是一個姑娘家，淵博二字對於她來說當之無愧。

黃承彥和阿醜談起過女兒的終身大事，她說：「我就在您身邊陪伴著您吧。幫您理理圖書文稿，總比您另外找什麼丫鬟、小廝方便得多吧！」

黃承彥說：「你不要說傻話了。這男大當婚，女大當嫁，自古皆然。」

阿醜說：「像我這樣十八、九歲的姑娘，在沔陽縣裡，恐怕都早已出嫁了，只有我還在父親身邊。不知哪一代老祖宗傳下來郎才女貌的規矩，論容貌、品體態，我是比不過人家的，恐怕是倒數第一名。如果說是『女才郎貌』，不是我敝帚自珍，我確實比別的姑娘強。」

聽見女兒說得如此開朗，做父親的一開始覺得好笑，只是沒有笑出聲來，可是他又不禁為女兒的終身大事暗暗擔心。

回想起來，最近這一兩年，也有人來做過幾次媒，無非是城鎮上的小鄉紳，知道黃承彥是出名的文人，和長安、洛陽、許昌各地的大官都有過交往，想和黃承彥結成親家，以後就有了靠山。他們明知阿醜身材像水桶，面孔難看，但也託人來說親。這種親事，黃承彥不想談，怕女兒過門之後受委屈。阿醜也和父親的想法一樣，假使嫁一個完全談不來的人，那倒不如做一輩子老姑娘算了。媒人得不到回音，也就不再繼續來糾纏了。

正因為有過這些事情，黃承彥很嚴肅認真地對阿醜說：「你不要把話說得那麼死。『女才郎貌』又怎麼樣？把你嫁一個繡花枕頭一肚草的女婿，你也不會稱心如意的。你的才學挺好，總得找個能賞識你

的才學的人才是，否則的話，閨房之內，相對無言，那也太無趣了。」

聽了父親這番話，阿醜覺得父親對自己疼愛之深、理解之透，既感到幸福，但也因此而感到空虛、幻滅。因為在阿醜看來，既然父親分析得這樣清晰，婚事是很渺茫的，沒有什麼希望的。她眼睛有些濕潤，投進了父親的懷裡。

黃承彥心裡也很亂，他想找出話來安慰阿醜，竟找不出半句。經史百家雖然全在腹中，卻沒有一句能夠派上用場。他想到前些時曾當面對諸葛亮提起過阿醜，諸葛亮沒有任何表示。正想著，忽然說是諸葛瑾夫人登門來訪，黃承彥眼睛一亮，急忙來到大門之外，恭恭敬敬地把諸葛瑾夫人迎進客堂。

諸葛瑾夫人為了二弟諸葛亮到沔陽來相親這件事很快就哄傳了開來，不多時候，南陽、沔陽、襄陽、樊城一傳十，十傳百，幾乎家喻戶曉了。在傳播過程中當然免不了加進些原來並沒有的枝枝葉葉，幾次一加，離原來的事實遠了，卻也更引人發笑了。

再說諸葛亮，在諸葛瑾夫人去沔陽的那些時日，他並沒有在家，而和幾個朋友漫遊桐柏山去了。諸葛瑾夫人回家三天之後，他才從桐柏山回來。諸葛瑾夫人把去黃承彥家裡的所見所聞原原本本對諸葛亮說了，一無遺漏。千句話併作 句話說，阿醜確實難看。如果認為阿醜的文才難得，那麼希望諸葛亮自己日內動身去拜訪黃承彥一次，免得以後埋怨做嫂嫂的。

諸葛亮一聲不響，靜靜地聽嫂嫂講完，胸有成竹地說道：「如果嫂嫂認為可以，那就定下來算了，我看不用再跑這一趟了。」

諸葛亮向來做事很謹慎，而今對終身大事反而馬虎，諸葛瑾夫人困惑不解了，問道：「是否不好意思？」

諸葛亮說：「她既然懇切地要與我彼此見一面，說明她十分明白自己的長處和短處，所以對流言蜚語也泰然處之。再說她想得這樣周密，在這件事情上，她的聰明才智更比她的詩文突出得多。對於她，我的確不需要再去查考什麼了。」

諸葛瑾夫人雖然覺得諸葛亮的話有些道理，但仍覺得此事宜周到為好，說道：「這是一件大事，更仔細一點，沒有壞處，否則我對你哥哥也不好交代，變成是我一手包辦硬作主張的了。這怎麼行！再說，人家對你也想多知道一點，也想親自見你一面，這不單是你對人家滿意不滿意而已。」

諸葛亮被嫂嫂說得心服口服，收拾了簡單的行裝，打算日內就去沔陽。

找一個什麼恰當的藉口前去，是頗為棘手的。說是探親或拜師，都不甚恰當。最後還是諸葛亮想到了解決難題的妙法。

前些時候，劉備、關羽、張飛曾邀請諸葛亮出山，共圖大業。雖然那次他們沒有遇到人，卻再三說明過些時日還要來邀請。如果真的再來，如何對答？出山呢？還是不出山？他為這件事想得很多，權衡利弊，一時拿不定主意。最後決定趁此機會向黃承彥老先生討教一番。

當然，此行也不免和阿醜姑娘見一面，可謂一舉兩得。

諸葛瑾夫人聽諸葛亮把自己的話說完，回答了八個字：「此說甚是，照此辦理。」

諸葛亮到了沔陽，拜見了黃承彥。彼此言談之間，都比過去拘束了些。再說由於彼此都誠心要見見面，所以阿醜就沒有迴避，叫了聲：「諸葛先生。」諸葛亮則對阿醜以「姑娘」相稱。因為心理上早有了準備，所以對阿醜粗短的身材，焦黃的頭髮，灰裡泛黑的面色，並沒有感到意外，而是覺得其他方面倒沒有什麼可挑剔之處。

說到正題，諸葛亮對黃承彥說：「此番前來向黃老先生求教，並非草芥小事。劉備、關羽、張飛三人曾在臥龍崗邀我出山，我舉棋難定。不知黃老先生高見如何？尚請明示，我可以有所依循。」

黃承彥聽諸葛亮一說，很是興奮，顯得頗為得意。他說：「果然劉玄德他們來找了你，還算他們有眼力。自從徐庶被曹操騙走以後，聽水鏡先生（即司馬徽）說起，曾向劉玄德他們大力推薦了你。後來我在臥龍崗附近，遇到過他們三個人，說是來請你的，這也已是半年前的事了。原來他們最近又來過一次，看來倒是誠心實意的。你作何打算呢？」

諸葛亮說：「在群雄割據的局面下，我真不知何以自處！」

黃承彥說：「還是你自己先說說，打算怎麼辦？然後，我再替你出出主意看。」

諸葛亮說：「按我自己的心願，最好就躬耕隴畝，抱膝長吟，以度過這一生。我向來是抱著『苟全性命於亂世，不求聞達於諸侯』的宗旨。」

阿醜早就想說話，這時忍不住插嘴道：「現在不是你向諸侯去求什麼『聞達』，是諸侯來請你出山完成大業，這完全是兩回事。至於『苟全性命於亂世』，也只是這樣說說而已，要辦到又談何容易！周

秦時代的那些文士儒生死於非命的，也不見得都是向諸侯求『聞達』的人。近年來，我們所知道的人如孔融、楊修、禰衡、盛孝章等等，或被拘囚，或遭橫殺，哪一個『苟全』了下來呢？」

黃承彥聽見女兒把他本來想說的話都說了出來，於是不住地點頭。諸葛亮也聽得興然有味，這些道理如是出自於當代儒林泰斗之口，他不會感到驚奇，如今是出於一位醜陋的「黃頭黑膚」姑娘之口，他不免為之傾倒；阿醜的才識比他事先估計的還高得多。於是，不覺也隨口應道：「這倒也是真的。」

阿醜又繼續說道：「古人說過：『用之則行，捨之則藏』，這很有道理。如今劉玄德希望你做他的左右手，並創一番驚天動地的事業，這不只是用你而已，而是委之於重任，付之於重擔啊！如果你一定要藏，像一顆明珠藏於土中一樣，使人看不到一絲一毫耀眼的光芒，那又何苦呢！一個人同草木同腐，那又有什麼價值？……」也許阿醜已經意識到自己說得太多了，不大合適，就不再說下去了。

黃承彥覺得這時候應該謙虛幾句，便對諸葛亮說：「小女說了這麼多，也不怕你見笑，這都是我平時把她嬌養慣了，所以她忘記了自己是井底之蛙，飲河之鼠，對你信口雌黃，你不要見笑，也不要見怪才是。」

諸葛亮笑了，充滿著喜悅、興奮之情。他望望阿醜，然後對黃承彥說：「聽姑娘一席話，勝讀十年書。我本來也想一展鴻圖，又怕路途艱險，事業難成；老死隴畝，則又於心不甘。姑娘深居閨房，有此卓見，更為難得。足見她已讀破萬卷，胸襟寬廣，勝過鬚眉，使我得益不淺。既然如此，下次劉玄德他們再來，我當與之暢談天下大勢，如果所見略同，我就隨之出山，一試鋒芒。成敗利鈍，就非我所能預

料，也非我所計較的了。我鞠躬盡瘁，全力以赴就是。」

黃承彥聽到這裡，把手往諸葛亮肩膀上一拍，讚嘆了一聲：「如此甚好，也不辜負我多年對你殷切的期望。」

阿醜向諸葛亮無限深情地笑了一笑，便逕自進了內室。諸葛亮告辭回家時，她不知在想什麼忙什麼，也沒有來送客。好像他們之間已經有了什麼默契，她不來送客，在諸葛亮心裡，反而覺得更親暱了。

諸葛亮回到臥龍崗，與高采烈地盡談阿醜的才華。諸葛瑾夫人問起他心目中的阿醜長相究竟如何？諸葛亮說：「我被她的淵博而流利的談吐所吸引，忘記了她容貌的醜陋。說實在的，除了身材、頭髮、面色都不中看之外，別的也沒有發現有任何破相或殘缺之處。我想容貌也罷，才華也罷，彼此都沒有法子用秤稱的。一定要找容貌和才華完全一樣的才結親，找遍天下，未必能找著。雙方如能談得來，也就可以了。」

於是，諸葛瑾夫人正式請了大媒，替諸葛亮訂了這門親事。

花燭之夜，阿醜問諸葛亮：「那次你來沔陽，我說了那麼多，你真以為有可取之處麼？沒有感到厭煩麼？」

諸葛亮說：「你真正的振耳發聵之論絕不是這些，還有更精彩的。」阿醜睜大了眼睛，表示不解，對諸葛亮說道：「我不記得了。你說說看。」

諸葛亮說：「女才郎貌。」

阿醜要打諸葛亮，諸葛亮一下閃開，沒有被打著，兩個人都笑出眼淚來了。

他們結婚不久，諸葛亮便隨劉備、關羽、張飛出山去了。直到劉備在西川稱帝，諸葛亮做了丞相，才派人到臥龍崗把夫人接了去。

一代紅妝照汗青

——文成公主與松贊干布

我國的西藏在唐朝時叫吐蕃。吐蕃與漢族在遠古傳說時代就已往來。他們的居地原先以西海（今青海省）為中心，後來一部分自西海進入西藏，一部分遷徙到四川邊境內外，後也陸續進入西藏，使廣闊遙遠的中國西部，從此得到開發。

松贊干布是和唐太宗同時的我國藏民族史上傑出的人物，強盛的吐蕃政權的創始者。

松贊干布是吐蕃贊普（贊普是吐蕃人對自己領袖的稱呼，相當於歷史上的突厥人稱他們的領袖為「可汗」。過去，有的史書直接把「贊普」譯稱為「藏王」）論贊弄囊（囊日論贊原名）的獨生子，自小就受到嚴格的教育和訓練，智勇雙全。他能夠背誦吐蕃的贊普世系，對許多歷史英雄的傳說十分熟悉，並長於詩歌，能即席賦詩；其武藝也很出眾，十三歲就接替他的父親繼承了王位。

由於先王猝然去世，吐蕃內部一些有實力的大貴族便欺松贊干布年幼，紛紛叛亂。松贊干布深知肩

負重任，越發少年老成，絕不輕舉妄動。他團結中小貴族，體恤士卒，關懷部落，逐漸贏得人心。到松贊干布十六歲時，他已經徵集起一支一萬多人的軍隊，經過嚴格的訓練之後，很快平定了內亂。大約是在貞觀七年（六三三年），他開始遷都邏些（今西藏首府拉薩），徹底擺脫了吐蕃舊氏族首領的羈絆，從此開始真正地統治了青藏高原。不久，松贊干布又率兵征服吐蕃的敵國蘇毗，聲名遠播，威震遐邇。

遠處於西藏地區的松贊干布，對於李唐王朝的情況早有所聞，只是一直忙於進行國內統一戰爭，無暇與唐朝廷建立直接的聯繫關係。當松贊干布穩定了吐蕃的局勢之後，於貞觀八年派遣使者到長安聘問，和唐建立直接聯繫。這是漢藏兩族關係見於史籍記載的開始，是很有歷史意義的事情。

和松贊干布一樣，唐太宗對於吐蕃的情況，也早已從西北其他兄弟民族人士口中有所了解，他很想和吐蕃貴族建立聯繫。因為唐廷在征討吐谷渾的時候，如果能爭取到吐蕃上層集團的支持或嚴守中立，在戰略上是十分重要的。

所以，當吐蕃的使者一到長安，太宗就立即決定派遣以馮德遐為首的使者攜帶國書和大批禮物，隨同吐蕃使者一道前去吐蕃正式答聘。松贊干布以極隆重的禮節接待了唐朝使者。在和馮德遐的交談和從唐朝廷所贈送的禮物中，他進一步具體了解到唐朝高度發達的經濟和文化，不由產生了羨慕之情。所以，他決定派一個使團攜帶大量禮品隨馮德遐一起去長安，並且正式向大唐皇室求婚。

事有湊巧，與松贊干布同時求婚的還有當時西北的吐谷渾王和突厥可汗。

貞觀九年，唐朝廷打敗吐谷渾舊統治勢力，另立諾曷鉢為吐谷渾王。這位新王為了取得唐朝廷對他

的支持，親自前來長安向李唐皇帝求婚。西突厥國的統治者被唐軍擊敗後，處羅可汗的次子阿史那社爾也準備向唐朝求婚。

貞觀十年，這三國的使臣、國君，先後都到達了長安，唐太宗隆重地接待了他們。但在締結婚約時，太宗根據當時的情況，經過權衡，只應允了將衡陽長公主嫁給突厥王子阿史那社爾，弘化公主嫁給吐谷渾王諾曷鉢，而對吐蕃松贊干布的求婚卻婉言謝絕了。

吐蕃使臣見突厥王子和叶谷渾王兩人的求婚都已成功，唯獨吐蕃王的求婚落空，覺得自己無法向松贊干布交代。於是回去後，就把全部責任推卸在勢力較弱的吐谷渾王諾曷鉢身上，捏造說自己初到長安時原很受優待，只是在諾曷鉢到達長安以後，唐太宗才拒絕許婚，一定是吐谷渾王諾曷鉢說了壞話。

松贊干布感到自己的請求遭到拒絕，有損於自己在西北各族中的政治威望。因此，他輕信了使臣的話，決定武力征服吐谷渾，以顯示自己的強大。

吐谷渾王無力抵抗，帶著部落逃到青海以北，以避吐蕃軍隊的鋒芒。但松贊干布戰爭的實際目標不是吐谷渾而是唐朝廷，因此吐蕃軍轉而圍住和進攻唐朝的松州（今四川松潘）。

貞觀十二年，唐朝駐松州都督韓威領兵抵禦，結果大敗。唐太宗得知後，立即派侯君集統率執失思力、牛進達、劉蘭等分道出兵反擊吐蕃。牛進達的先頭部隊一到松州，便發動夜襲，打敗了圍攻松州的吐蕃軍，斃傷一千多人。松贊干布在唐朝大軍逼近和內部出現反戰情緒的情況下，派遣薛祿東贊以相位之尊親自到長安向唐廷謝罪，並獻給太宗黃金一千斤及其他珍寶，再次表達了求婚的誠意。唐太宗也認

識到吐蕃的重要性，並且唐太宗這時正著手準備征遼東，想盡快結束西方戰爭，便答允了吐蕃的請求，把文成公主許嫁給松贊干布。

文成公主原是唐朝宗室之女，生在唐高祖武德年間。長到十六歲時，公主的面貌異常秀慧，端雅美麗，體態窈窕輕盈，皮膚細嫩潔白，豐姿綽約，有如天人。

無怪薛祿東贊歌頌說：「噫！稀有超卓者，公主人中仙。」

文成公主不但容貌秀美，而且心地善良，聰慧異常，通曉天文地理，篤信佛法，且通卜筮之學。想文成公主盛世名花，卻要遠嫁到那白雪無垠，冰凍寒酷，雪嶺聳立，習俗通異的吐蕃，其心情是可以理解的，但文成公主還是以大局為重。臨行前，公主向吐蕃使臣詳細詢問了當地的風土人情。

貞觀十五年，文成公主帶著唐朝廷的友好情誼進入吐蕃。負責護送文成公主的禮部尚書江夏王李道宗是唐太宗的族弟，是一位智謀和膽略兼長的著名將領。唐太宗為文成公主的進藏做了妥善安排，在吐谷渾邊境建築了行館，讓公主和隨從人員作較長期的休整，以適應高原氣候和生活習慣，還為文成公主準備了豐厚的嫁妝。文成公主進藏時，不僅帶去了大量的金銀、綢帛和珍寶，還帶去了內地先進的農業技術和精美的手工藝品，帶去了內地的蔬菜種子、蠶種以及藥物和許多書籍，也帶去了大批工匠和樂隊。

據藏人瑣喃堅贊所著《吐蕃王朝世系明鑑》一書記載，唐王以釋迦佛像、珍寶、金玉書櫥、三百六十卷經典、各種金玉飾物，作為文成公主的嫁妝。又給與多種烹飪的食物，各種飲料，金鞍玉

轡，飾有獅子、鳳凰、樹木、寶器等花紋的綿緞墊帔，還有卜筮經典三百種，識別善惡的明鑑，營造與工技著作六十種，治四百零四種病的醫方百種、診斷法五種、醫療器械六種、醫學論著四種。又攜帶蕪菁種子，以車載釋迦佛像，以大隊騾馬載珍寶、綢帛、衣服及日常必需用具入吐蕃。

隨同公主前往吐蕃的還有各種工匠、廚役、侍女。文成公主的奶媽一家也和她一起前往。他們一路西行，未到鄯城（今西寧），冉走二百餘里便到了山勢險峻的赤嶺。從這裡開始，公主下車換馬，經受高原奇寒多變氣候的考驗。進入吐谷渾後，公主受到吐谷渾王和弘化公主的熱烈歡迎。在吐谷渾行館，文成公主一行停留了一個月之久，然後又向吐蕃進發。

松贊干布在得知文成公主出發來吐蕃和自己成婚的消息後，高興異常。他帶著強大的禁衛軍趕到吐蕃的邊境河源（今屬青海省）迎候。他在這裡早就搭好了一所接待的房子。

松贊干布和文成公主就在這裡初次會見。他見公主不但美麗，而且舉止嫻靜大方，十分愛慕；他看到文成公主帶來的豐厚嫁妝，許多東西從未見過，大開了眼界；他又見公主一行穿戴華麗，禮節繁縟，在過慣了高原簡單生活的松贊干布眼裡，十分新奇。松贊干布對護送文成公主入蕃的李道宗也非常恭敬，執子婿禮進見。

當文成公主抵達邏些時，吐蕃人民歡騰若狂，萬人空巷，載歌載舞，歡迎公主。松贊干布高興地對他的左右臣僚說：「我父祖未有通婚上國者，今我得尚大唐公主，為幸實多！當為公主築一城以誇示後代。」

松贊干布為文成公主舉行了盛大的歡迎宴會，婚禮之豪華也是空前的。他還仿照唐朝的式樣為公主修建了宮殿，自己脫掉粗陋的裘皮，穿上唐朝贈送的袍帶，儼然一副天朝駙馬的打扮。據說，松贊干布是第一個穿漢族服裝的吐蕃人。

文成公主先是住在邏些王宮裡。按吐蕃慣例，到了夏季就應該移居到松贊干布的祖先發祥地——山南。那裡氣候較為濕潤，樹木繁茂，翠色宜人，景色和內地相似，公主很快喜歡上了這個地方，後來就定居在山南的澤當。因為文成公主定居澤當，松贊干布也不分冬夏，常常住在那裡。

文成公主入吐蕃後，帶去了漢族較先進的農業、工藝和文化。吐蕃逐漸出現了唐代的建築，農業也逐漸向漢族看齊。文成公主還向吐蕃婦女傳授紡織和刺繡技術，今天藏族婦女中精巧的紡織刺繡能手依然傳說自己的技術傳自文成公主。現在在西藏各地還保留著許多佛塔，傳說都是為紀念文成公主而建造的。

為了供奉文成公主跋山涉水搬運到吐蕃的佛像，松贊干布在邏些建造了一座雄偉的佛殿，這就是大昭寺。文成公主為了禮佛便利，又自己在澤當建築了一座小佛殿。這些佛殿的建築形式都是仿照唐朝式樣，顯然都是在公主帶去的漢族工匠設計和指導下完成的。松贊干布和文成公主一樣篤信佛法，常常獨自一人靜坐在布達拉山上，焚香誦經。文成公主為了松贊干布的健康，又親自督工修建了一座宮殿，這就是最早的布達拉宮。

為了學習唐朝的先進文化，松贊干布不僅派遣吐蕃貴族子弟到長安的「國子監」學習唐朝的高度文

化，而且還請唐朝的漢族學者到吐蕃政府去管理文書、表疏等工作。松贊干布還不斷地將內地的蠶絲、釀酒、碾米、造紙、墨等先進技術引進吐蕃，使西藏高原從生活方式到生產技術都發生了顯著的變化。兩族使者經常往來。

根據粗略的統計，從唐太宗貞觀八年（六三四年）吐蕃初次派遣使者到長安開始，一直到唐武宗會昌六年（西元八四六年）的兩百一十三年中，雙方遣使次數多達一百九十一次，平均一年零一個月就有一次，可見漢、藏兩族統治集團間往來的頻繁。至於人民群眾之間的往來，那就更不計其數了。

松贊干布和文成公主婚後九年，不幸過早地去世了。文成公主熱愛吐蕃人民，丈夫去世後，她沒有要求返回長安，而是繼續留在吐蕃，又生活了三十年，直到西元六八〇年去世。

吐蕃人民十分敬愛文成公主，在松贊干布去世後，唐朝和吐蕃一度失和，但當地人民依然敬重文成公主，絲毫不使她感到為難。西元六八〇年文成公主逝世後，吐蕃人民十分悲痛，為文成公主舉行了最隆重的葬禮。按當時吐蕃的慣

例，吐蕃史書是不記載后妃死喪和葬儀的，但對文成公主卻破例地在史書上作了記載。

文成公主去世後，吐蕃仍多次遣使臣到唐朝求婚。唐高宗和武則天執政時因種種原因未能繼續聯姻，到武則天的兒子唐中宗復位以後，才允准讓金成公主嫁給新繼承王位的贊普棄隸縮贊。金成公主雖是唐皇宗室之女，但中宗待之如親生女兒一般。中宗為金成公主遠嫁吐蕃特降旨道：

「金成公主，朕之少女，豈不鍾念？但為人父母，忘恤黎元，若允誠祈，更敦和好，則邊土安寧，兵役休息，遂割深愛，為國大計……」

西元七〇九年，金成公主出嫁吐蕃時還只是個十四、五歲的少女。她於西元七四一年去世，在吐蕃共生活了三十二年。一般來說，金成公主遠嫁吐蕃，各方面的影響遠不及文成公主那麼深遠，但她畢竟也是對漢藏兩民族友好交往做出了貢獻的人。

文成公主進藏，開創了漢、藏人民交往的歷史新篇章，文成公主的名字不僅載入藏族的史冊，而且為藏族人民家喻戶曉。直到一千多年後的今天，藏族人民仍幾乎每個人都能談一些關於文成公主的故事，以文成公主的故事為題材的戲劇也經常在舞台上演，由於藏族人民十分崇敬文成公主，現在拉薩的大昭寺裡，還保存著文成公主的塑像，這也是漢藏兩族親密團結的歷史象徵。

春宵苦短日高起　從此君王不早朝

——唐玄宗對楊貴妃的戀情

唐玄宗，原名李隆基，是唐睿宗的第三個兒子，武則天的孫子。他生於西元六八五年，也就是睿宗登基做皇帝的第二年。西元六九〇年，武后廢睿宗，自己接帝位，做了中國歷史上唯一的一個女皇帝，改國號為周。李隆基就是在這樣一個權力欲極強的祖母執政的歲月中度過他的童年和少年時代的。武則天倒挺喜歡這個孫子，三歲時就封他為楚王。武后稱帝的第二年，還允許七歲的李隆基帶著儀仗去朝見她。

武則天駕崩後，李隆基的伯伯中宗復位，但權力卻落到了皇后韋氏手中，並發生毒死丈夫中宗的事件。韋氏也想學武后的樣，自己上台做女皇。李隆基聯合他的姑媽太平公主誅殺了韋氏一族。睿宗復位，李隆基被立為太子。

睿宗的皇位並不穩固，因為太平公主在朝廷上下頗有一股勢力，她想廢掉李隆基的太子位置。睿宗

沒有什麼雄心壯志，但他看清了太平公主的威脅，為防患於未然，在復位後的第二年他就主動把皇位讓給了李隆基，是為唐玄宗。這是西元七一二年的事。這時李隆基二十八歲，年富力強，頗有一點開創事業的氣勢。他登基後的第二年，就果斷地鏟除心腹之患，誅殺了太平公主及其黨羽。這年底，唐玄宗改年號為開元。從此，唐王朝結束了紛擾動蕩的政局，進入了安定、繁榮的開元、天寶時期。

唐玄宗執政的前期，確實比較留意政治，很有點勵精圖治的勁頭。他能接受臣下的勸諫，掃除積弊，並任用了一批出色的政治家擔任宰相，如：姚崇、宋璟、張九齡等人，因此國家治理得還算不錯。歷史上有人把「開元」稱之為唐代的「全盛」時期。其實開元時期能有這種太平盛世，還是和李隆基的祖宗唐太宗、武則天的功業分不開的。唐代經過「貞觀之治」和武則天的治理，人民經過一百多年的休養生息，社會經濟就出現了開元年間這種特別繁榮的景象。

唐玄宗畢竟是個萬人之上的封建皇帝。在他做「開明君主」的同時，慢慢又滋長著一種驕縱腐敗的品性，伴隨著他這種品性一起成長起來的是朝中的一股惡勢力。這股腐敗勢力的較早代表是玄宗的內侍太監高力士。開元二十四年，玄宗罷黜宰相張九齡，提拔李林甫做中書令，表明惡勢力在朝廷中已佔上風。楊國忠做宰相，政治就更惡化了。

另一方面，玄宗自小生活在榮華富貴的皇家，過慣了吃喝玩樂的生活。起初，他尚能對自己有所約束，慢慢的就開始放縱自己了。他喜歡打獵，就專門養了一大群獵鷹和獵狗，每次外出打獵，總要好幾天不上朝。年紀大了，他又喜歡上了鬥雞，為此專門在宮中設立「護雞坊」，挑選數百名兒童專門為他

馴養供鬥雞用的雄雞。當時民間挖苦說：

「生兒不用識文字，鬥雞走馬勝讀書。」

唐玄宗後期的昏庸由此也可想而知了。歷史上稱之為「天寶奪明」（西元七四二年，玄宗把年號由「開元」改為「天寶」）。然而，唐玄宗的最大宮闈醜聞，莫過於他娶自己的兒媳當妃嬪這件事了。

唐玄宗的私生活和歷朝皇帝一樣是十分腐敗的，後宮養有三千宮女。他剛做皇帝的時候，十分寵愛一個姓王的妃子。這個妃子長得十分漂亮，並且貞節賢淑，玄宗就冊封她為皇后。但王皇后一直沒有生兒育女，加上歲月的無情，她那美麗的容貌慢慢消失了，從而也失去了玄宗的寵愛，不久鬱悶而死去。後來玄宗又迷戀上了武惠妃。武惠妃是武則天的堂房兄弟武三思的女兒。玄宗和武妃生一子，取名瑁，冊封為壽王。武惠妃也有野心，想叫玄宗立自己為皇后。因鑑於武則天的教訓，朝臣堅決反對武家人再當皇后，玄宗也只好作罷。武惠妃因此悶悶不樂，不久也死去了。

失去了王皇后和武惠妃後，玄宗內心十分空虛，成天鬱鬱寡歡，很想再找一個理想的夫人，但內宮數千美女，沒有一個合他的心意。過了幾年，有人告訴他說，壽王李瑁有個楊氏妃子，是個絕代佳人。於是七四〇年（開元二十八年）十月，玄宗在驪山溫泉宮召見楊氏妃子。玄宗一見，發現果然名不虛傳，頓時顯得眉開眼笑，大為欣賞。

白居易的〈長恨歌〉是這樣描寫玄宗的心情和貴妃的美貌：「漢皇重色思傾國，御宇多年求不得」；「回眸一笑百媚生，六宮粉黛無顏色」。

楊氏妃子，原名楊玉環，四川人。她幼年喪父，就離開四川，由她的一個叔父撫養長大。十七歲時，她被冊封為壽王李瑁的妃子。這個壽王，即是玄宗的第十八個兒子。楊玉環和壽王前後足足一起生活了六年。玉環被她公公看中時，年方二十二歲，而玄宗這時已是個五十六歲的老頭子了。楊玉環被冊封為壽王妃子時，她父親在戶籍上的名字叫楊玄璬；等到了做她公公玄宗的妃子時，她父親的名字改叫楊玄琰了。壽王的楊玉環與玄宗的楊玉環，似乎是同名同姓的兩個人，這是用來欺騙歷史的。這種主意很可能是高力士這類太監出的。

但是，把兒媳佔為己有，這在當時總也還是屬於名聲不好聽的。為了對付朝廷上下的輿論，玄宗先叫楊玉環去做一陣子女道士，號曰「太真」，並且說成是她自願去的。〈度壽王妃為女道士敕〉中是這樣說的：

「壽王瑁妃楊氏，素以端懿，作嬪藩國，雖居榮貴，每在精修。屬太后忌辰，永懷追福，以茲求度，雅志難違。用敦弘道之風，特遂由衷之情，宜度為女道士。」

從這敕文看來，楊玉環似乎早就看破紅塵，是出於自願並得到批准後去做女道士的。其實這都是做做樣子的，只是以女道士的名義，悄悄把她留在宮中罷了。天寶四年，玄宗冊封楊玉環為「貴妃」。

楊貴妃不僅長得漂亮，而且能歌善舞，很會迎奉老皇帝的心意。玄宗對貴妃，可以說是愛得近乎瘋狂了。玄宗本人對音樂有著非同一般的鑑賞能力。他特意讓皇家樂隊演奏自己譜寫的〈霓裳羽衣曲〉給楊玉環聽，以取悅於她。玉環愛吃南方新鮮荔枝，玄宗就下令讓專門送國家公文的驛站驛馬攜帶荔枝，不分晝夜地快馬加鞭，一站一站轉送到京城長安。為了貴妃洗浴，玄宗又下令專門為她用白玉石砌一個浴池。浴池的邊緣雕著魚、龍、雁等浮雕，池中央還放著一張用白玉石製成的臥鋪，使她躺著也能洗浴。這就是聞名中外的貴妃池。〈長恨歌〉裡所說的「春寒賜浴華清池，溫泉水滑洗凝脂」，指的就是這件事。

楊貴妃為了鞏固自己的地位，除取寵老皇帝以外，還竭力培植起自己的一股親信勢力，就是要求老皇帝大力提拔她的親屬去做大官。貴妃的堂兄楊國忠做了宰相，這是個極其無恥的傢伙。她的其他兩個堂兄楊銛、楊錡也都得到了高官厚爵。貴妃的三個姊妹分封為韓國夫人、虢國夫人、秦國夫人。可真是「姊妹兄弟皆列土」了。

總之，玄宗對貴妃的寵愛確實到了忘記江山的地步。他對貴妃百依百順，只差到天上給她摘星星了。〈長恨歌〉是這樣描述他對貴妃的寵愛程度的：

春宵苦短日高起，從此君王不早朝。

承歡侍宴無閑暇，春從春遊夜專夜。
後宮佳麗三千人，三千寵愛在一身。
金屋妝成嬌侍夜，玉樓宴罷醉和春。

楊玉環本來只是一個長得漂亮的普通女子，如果她是和一個普通人結合，生活也許是幸福的，在歷史上也許不會留下絲毫痕跡。可是陰差陽錯，一個偶然的機會使她投到了掌握最高權力的玄宗身邊，這就招來了一系列令人長嘆的歷史教訓。

首先是，因為有了她而使玄宗終日深居宮中，沉於酒色，怠於政事，把一切國政都交給了李林甫、楊國忠這幫無恥之徒，使當時的政治更暗無天日；另外，透過楊貴妃這條裙帶關係，導致了中國歷史上的又一次外戚禍國。這一切，又都為玄宗本人創造了垮台的條件。

西元七五五年（天寶十四年），平盧兼范陽、河東節度使安祿山，以誅殺奸臣楊國忠為名起兵於范陽，並以秋風掃落葉之勢席捲河北，直向洛陽、長安進發。「漁陽鼙（鼙ㄆㄧˊ）鼓動地來，驚破霓裳羽衣曲」。唐玄宗和楊貴妃的宮廷歡樂生活被打破了。

安祿山的叛亂驚得玄宗有點目瞪口呆。這位胡人守邊將領一直被玄宗視為忠臣、心腹。有一次，玄宗指著安祿山的大肚子對眾人說：「你們看看，他的大肚子裡裝著些什麼？竟會如此之大！」

安祿山拍拍肚子諂媚說：「陛下，別瞧我肚子大，裡面除了一顆對陛下的赤膽忠心，別的什麼也沒有。」這番拍馬奉承的回答，直樂得玄宗心花怒放。不久，楊貴妃還認安祿山為乾兒子，兩人打得火

熱。

七五六年六月，潼關失守後，玄宗慌了手腳，準備放棄京城出逃。他假裝要親征，暗中卻令親信選了九百匹壯馬，上好鞍，餵飽草，等待出發。一天清晨，他帶著楊貴妃兄弟姊妹、皇子皇孫以及楊國忠、陳玄禮等親信，偷偷逃出長安直向四川方向奔去。

到達馬嵬（嵬）坡（今陝西興平縣西北）時，護衛的禁衛軍將士飢腸轆轆，滿腔怒火，紛紛鼓噪起來，要求消滅禍國的楊家豪門。他們先把楊國忠殺死，然後來到玄宗跟前，劍拔弩張地逼皇上處死楊貴妃。眾怒難犯，保住自家性命要緊，無奈，玄宗只好讓高力士賜給楊貴妃一條羅巾。貴妃大哭一場，然後吊死在馬嵬驛站佛堂前的一棵梨樹上。對貴妃的死，玄宗無疑是十分傷心的。「君王掩面救不得，回看血淚相和流」。

處死楊貴妃後，士兵們平息下來，繼續護送玄宗去四川。剛起程不久，當地老百姓又攔住皇帝一行的去路，要求皇上留下來率領大家平定叛軍。玄宗留下太子李亨去領導抗擊叛軍，自己則繼續上路。一路上淒淒慘慘，好不容易來到了成都。

李亨在宦官李輔國的幫助下北走靈武，不久即位稱帝，是為肅宗。唐朝官民在肅宗的號令下，很快收復了長安和洛陽。安祿山因叛軍內部矛盾，也於七五七年被他的長子派人刺死。自此，叛軍就很快走下坡路了。

玄宗在成都以太上皇的身分住了一年多。他終日鬱鬱寡歡，情意綿綿地思念著玉環：

蜀江水碧蜀山青，
聖主朝朝暮暮情。
行宮見月傷心色，
夜雨聞鈴腸斷聲。

長安光復後，玄宗回京城。他觸景生情，依然深深地思念著死去的楊貴妃：

天旋地轉回龍馭，
到此躊躇不能去。
馬嵬坡下泥土中，
不見玉顏空死處。
君臣相顧盡沾衣，
東望都門信馬歸。
歸來池苑皆依舊，
太液芙蓉未央柳。
芙蓉如面柳如眉，
對此如何不淚垂？

從以上詩句可以看出，白居易對玄宗腐敗的政治是予以揭露鞭撻的，而對他和玉環間的愛情則是同情的。唐玄宗李隆基在寂寞中度過了他的最後幾年。七六二年，玄宗懷著對貴妃的纏綿情意，鬱悶死去，終年七十八歲。

白居易是這樣結束〈長恨歌〉的：

在天願作比翼鳥，
在地願為連理枝。
天長地久有時盡，
此恨綿綿無絕期。

楊貴妃之墓

比翼雙飛鳥　趣同意境高

——李清照與趙明誠

一夜如酥的春雨，洗綠了枝葉，染紅了百花。

一個活脫脫的春天就這樣被一場春雨洗得淋漓盡致。

女詞人李清照起了一個大早，正準備梳妝完畢之後，去欣賞出浴後「春姑娘」的嬌嗔與美麗。此時，她的心情如同房間裡流溢著的甘甜潔淨的空氣，她精心地打扮著……忽然，她噗嗤一笑，然後輕聲念道：「……試問捲簾人，卻道海棠依舊。知否？知否？應是綠肥紅瘦。」

立於窗前極目遠眺的趙明誠聽到李清照的呢喃小語，不禁啞然失笑。他仍然望著窗外，用一種不容辯駁的口氣說：「夫人，此言差矣，『綠肥紅瘦』改為『紅肥綠瘦』才對！」

李清照依然面對銅鏡，溫和地說：「夫君，一夜春雨沖盡繁花，而綠葉卻被洗盡風塵，你說，綠肥紅瘦？還是紅肥綠瘦？」

趙明誠一驚，爾後拍手稱道：「妙哉，妙哉，夫人不愧為女中豪傑，人中才子，妙哉！」

在我國淵遠流長的歷史文化長河中，載入史冊的「男性」作家不勝枚舉，可謂是人才濟濟；但名留青史的「女性」作家就實在是鳳毛鱗角，少得可憐。我們所能列舉的只有許穆夫人（許穆公夫人，中國第一位女詩人）、李清照等寥寥幾人。可是，她們卻沒有因為比例失重而自願隱退，相反，她們慷慨陳辭，口若懸河，為自己的文采留得了一席之地。

李清照不僅詞作得堪稱一絕，就連她美滿羨人的愛情，也廣為流傳，千古吟頌。

在中國封建制度下，男女間的結合依靠的是媒妁之言，父母之命，其間造成了無數的愛情悲劇。而猝然結合成為夫妻，且志趣相投，才情相得的，實在是萬裡挑一。宋代的著名女詞人李清照和金石學家趙明誠，就是這中間一對最幸運的人。

李清照與趙明誠是西元一一〇二年「喜結良緣」的。當時，李清照十八歲，趙明誠二十一歲，李清照是禮部員外郎李格非的女兒，趙明誠是吏部侍郎（後升宰相）趙挺之的兒子。兩人結婚以前，並未有過直接的接觸，因為，兩人對對方的情況一無所知，因此，婚前兩人也曾有過不心甘情願的念頭，但當時的婚姻制度決定了兩人的命運。這樣，兩人在被迫無奈的情況下拜了天地。不曾想，婚後趙明誠發現，自己的妻子是個見識不凡，精通詩書，才氣過人的女子；李清照也了解到，自己的夫君對官勢利祿十分淡泊，卻醉心於歷史文化、古跡的研究，特別長於金石碑帖。共同的愛好和清高的志趣，發展並加深了他們的愛情，不僅使他們成為「先結婚後戀愛」的典型，更使他們成為一對為文化事業而奮鬥的夫

婦。

李清照的父親因為心高志寡而受到政治事件的打擊，因此家境貧寒；而趙明誠的父親又不喜歡兒子鑽到古文碑帖中去，因此，他給兒子的費用也極為有限。這樣，兩人的生活一開始就十分拮据。為了買得文物書籍，他倆決定省吃儉用。因此，兩人雖是達官顯貴的子女，他們卻一貧如洗。他倆有一個不成條文的習慣，每逢初一和十五，他們都上相國寺瀏覽，刻意搜尋文字碑帖。如若把所帶的錢花個精光，為了自己心愛的文物，他們甘心典當自己的衣服。東西買回後，他們廢寢忘食，淚對而坐，反覆欣賞、琢磨。就這樣，他們過著衣不蔽體，食不果腹的物質生活，他們的精神生活卻十分富足。

後來，趙明誠當了知府，家境稍稍寬裕，但搜購文物是耗資無邊的。因而，他們的生活依然貧困，可文物、圖書的收藏卻逐漸豐富起來。

有一天，夫婦倆到了街上，遇到有人正出售一幅南唐畫家徐熙的《牡丹圖》，賣主開口要價二十萬錢。李清照夫婦十分喜愛徐熙的作品，回到家中準備籌挫現款。但是，他們絞盡腦汁，也沒法湊足二十萬錢，那幅《牡丹圖》在家裡放了兩天，夫婦邊看邊嘆了兩天兩夜，最後，只好戀戀不捨地把畫歸還了原主。他們對於文物古籍，對於文化事業，愛得多麼深，觀點又是多麼驚人的一致呀！

共同的愛好使李清照夫婦相濡以沫，生活和諧，充滿高尚的情趣。李清照廣聞博覽，博聞強記，能夠面對千萬卷圖書，回答出某人某事在某書、某卷甚至某頁上面。趙明誠常常被李清照驚人的記憶力所折服，有時，他還故意考考她，並和她打賭。他們以茶為賭，誰勝了，誰就先飲一杯茶。結果每次李清

照都以準確無誤的記憶取勝，當她面對認輸的丈夫端起茶時，往往笑得不能自持，以至於把茶水潑灑衣襟。用李清照自己的話說，正因為對事業的傾心熱愛和夫婦之間的親密和諧，他們「雖處憂患困窮，而志不屈」。這樣，夫婦兩人精心收藏、考證，到北宋滅亡時兩人已擁有大批金石珍品，幾萬卷圖書能裝十五車。

趙明誠專心於金石，在詩詞方面李清照高出一頭。夫婦之間相敬如賓，互相尊重。據說趙明誠一開始也有意與妻子一比文才高低。有一次，李清照寫給趙明誠一首詠菊花的詞〈醉花陰〉，後半闋是：

「東籬把酒黃昏後，有暗香盈袖。莫道不消魂，簾卷西風，人比黃花瘦。」

趙明誠十分讚賞，但自己也想試一試，他埋頭三天寫了五十首〈醉花陰〉，然後把李清照的那首混在其中，一起拿給好朋友趙德夫，讓趙德夫品評一下。趙德夫對詩詞頗有研究，他認真地讀了這五十首詞，最後，他毫不猶豫地拿出　首，連聲稱讚，說：「此詩中最後三句最為奇妙，可稱千古佳句。你看『莫道不消魂，簾卷西風，人比黃花瘦。』清新自然，情景交融，特別是一個『瘦』字，簡直是神來之筆。」說完，他連向趙明誠致賀，趙明誠才信服地承認：「這一首是我夫人的詞句，其餘才是在下的手筆，我真自嘆不如。」

趙明誠是一個率直誠實之人，他對夫人才高八斗的學問，拋頭露面的性情不僅不加以限制與妒嫉，反而支持尊重她。有了夫君的全力支持，李清照能夠淋漓盡致地發揮自己在詩詞方面的超人才能，寫下了大量婉約、曲折、新穎的詞，成為中國文學史上首屈一指的女詞人。

兩人在生活上相互愛慕，彼此尊重，但在詩詞方面，兩方往往你來我往，爭得面紅耳赤。李清照不僅精通詩書，才志過人，而她更善於觀察生活，對詩詞的創造從不敷衍塞責，而是實事求是地從事創作。文章開頭兩人妙趣橫生地對「綠肥紅瘦」的一比高低，足以證明李清照在創作上的嚴謹，而趙明誠在這一方面的確是遜色了許多。

然而，李清照夫婦的生活和事業因金兵的入侵，受到了沉重的打擊。

一一二七年，北宋滅亡，李清照夫婦背井離鄉「逃往江南」。戰火不僅破壞了兩人甜蜜恩愛的生活，更可憐的是，兩人費了大半生搜集的文物書籍、金石書畫等藝術珍品大半毀於戰火。這對他們來說，可是五雷轟頂，致命的打擊。在顛沛流離，兵荒馬亂之中，李清照夫婦首先關心的不是個人的安危，而是對那些視為生命的文物書籍盡力地搶救和保護。

西元一一二九年，流浪了兩年之後，趙明誠受命去湖州上任，與李清照在動亂中告別。兩人是多麼地希望能夠長相廝守，哪怕是戰火紛飛，哪怕生活維艱。可趙明誠是一個報效祖國的「愛國將士」，他痛恨戰爭給人民帶來的無窮無盡的痛苦，他一心要報效祖國，為國家盡一份國民的義務。因此，在他接到任命之後，義無反顧地欣然前往。兩人分別時，都十分的冷靜。他倆都是經歷了大風大雨的人，因此，分別既沒有痛不欲生，也沒有戀戀不捨。李清照知道丈夫此時的心情。兩人靈犀相通的對視了一會兒，李清照向躍馬離去的夫君問：「如若這裡城池一旦失守，該怎麼辦？」

趙明誠果斷地說：「跟著眾人一起走。如不得已時，先扔下輜重，其次扔下衣裙用物，再次是書冊

卷軸，然後是一般古器。至於那幾件最珍貴的文物，你可要抱在懷中，與身共存亡，千萬不可忘懷！」

李清照點著頭答應了丈夫。

兩個月以後，趙明誠因病在途中逝世，李清照親自埋葬了自己的丈夫。「生當做人傑，死亦為鬼雄」的李清照此時欲哭無淚，歷經了戰火紛飛後對生與死大徹大悟的她，對於丈夫的溘然先逝，她知道這是自然規律，是任何力量都不能夠挽回的。可是兩人雖未能白頭到老，感情卻篤厚無間，是當時封建制度下各色婚姻中的典型。「能擁有這樣終生不渝地深愛支持自己的丈夫，真是我李清照前世修了一千年的福。」李清照喟然長嘆。因此，她對丈夫喜愛的文物視為丈夫的化身，更加珍惜它們。

為了繼承丈夫的遺志，也為了自己的愛好，後來，李清照不辭勞苦，日夜加鞭，編成了《金石錄》，並寫了後序，以紀念自己的丈夫。

敢於蔑視習俗，走出深宅人院與丈夫去追尋共同的事業，在當時對於處於地位低下的婦女來說，的確是可望而不可及的境界。李清照卻一反常規，勇敢地走了出去。在當時這需要多麼大的勇氣！誠然，這背後更離不開丈夫趙明誠的無私支持。

李清照與趙明誠的愛情是真摯的。但是，他們沒有把愛情陷入卿卿我我的低級情調之中，而是獻給了共同的事業，不斷地追求崇高的精神生活，這對後人來說是很有教益的。

愛情的「絕唱」

——陸游與唐琬

中國歷史上偉大的愛國詩人陸游，是南宋時越州山陰（今浙東紹興）人，出身於一個有文化傳統的官僚地主家庭。幼年時期，正值金人南侵，他隨著家人逃難，「兒時萬死避胡兵」，嘗盡了顛沛流離的痛苦。父親陸宰，是具有愛國思想的士大夫，和他交往的也多是愛國志士。慘痛的經歷和環境的薰陶，從小就培養了陸游憂國憂民的思想。二十九歲他中進士。參加過抗金軍隊，並親臨前線。因為他堅決主張抗金，故受到了投降派的多次打擊。從六十五歲罷官到八十六歲去世，一直在山陰家鄉隱居。但是他的抗金熱情始終沒有衰退，念念不忘國家的統一，寫了很多富有戰鬥性和洋溢著愛國激情的詩篇。

陸游的一生可謂道路坎坷，在愛情生活中，他更經歷了恩愛夫妻被活活拆散、生離死別的折磨，千年以來為人同情、嘆惋。

西元一一四五年，陸游二十歲，和聰慧、溫柔的表妹唐琬結了婚。唐琬知書達禮，欽佩陸游的才華

和抱負。小夫妻恩恩愛愛，相敬如賓，共望白頭到老。然而，陸游的母親封建思想根深蒂固，不喜歡唐琬的活潑開朗。她經常借故為難兒媳，陸游也拿母親沒辦法。

唐琬謹慎小心，細心侍奉婆婆，終不討婆婆的歡心。陸游的母親以兒媳幾年未生孩子為藉口，強迫陸游休妻。陸游與唐琬本是恩愛夫妻，他怎願做出違心的事情呢！更何況，如果真的休妻，那將是對唐琬多麼大的打擊啊！陸游和唐琬苦苦哀求，盼母親能回心轉意；親戚朋友們也來勸解，望陸母收回休兒媳的想法，但陸母執拗不聽。在那封建禮教統治的社會中，陸游在跪拜、哀求無效的情況下，出於無奈，也只能和心愛的妻子分離了。分離時的淒苦無以言表，他們心中有說不出的怨恨和痛苦……

時光過了兩年，陸游在母親的安排下和一位王氏千金結了婚，唐琬也改嫁給趙士程。但他們再也沒有往日的歡欣，因為離異的痛苦是永難從心靈上消除的。

西元一一五五年，陸游三十歲。一個春光明媚的日子，陸游去紹興城南沈園散心，恰巧碰上了趙士程和唐琬夫婦。舊日恩愛夫妻猝然相見，感慨萬千，但事已如此，又只好將感情盡力壓在心底。唐琬不忍讓陸游匆匆離去，以表哥相稱。唐琬徵得趙士程同意，派人送來菜餚美酒，招待陸游。當唐琬斟滿一杯酒深情地遞給陸游的時候，兩人的心都要碎了。

唐琬、趙士程告別歸去。陸游呆呆地站在沈園亭台，面對著慘白的牆壁。傷心、悲憤、懷念、感嘆，一齊湧到心頭，像一團火一樣燒得他喘不過氣來。他猛然提筆蘸墨，在粉牆上題了一首名為〈釵頭鳳〉的詞：

紅酥手，黃縢酒，滿城春色宮牆柳。
東風惡，歡情薄，一懷愁緒，幾年離索。錯、錯、錯！
春如舊，人空瘦，淚痕紅浥鮫綃透。
桃花落，閑池閣。山盟雖在，錦書難託。莫、莫、莫！

這首感情真摯、字字血淚、激憤鏗鏘的詞，很快在附近流傳開來。當然，只有唐琬最能理解其中含義。她憂傷欲絕，又不能像陸游那樣公開題詩，只好在夜深人靜時，蘸著淚水悄悄地和陸游一首詞：

世情薄，人情惡，雨送黃昏花易落。
曉風乾，淚痕殘，欲箋心事，獨語斜闌。難、難、難！
人成各，今非昨，病魂常似秋千索。
角聲寒，夜闌珊，怕人尋問，咽淚裝歡。瞞、瞞、瞞！

沈園相會以後，陸游把注意力轉到抗擊金兵侵擾方面，除寫了大量奏章，寫下大批愛國詩篇之外，他還去西北方的川陝一帶擔任過抗金軍隊中的職務。然而，抗金志士屢受排擠，陸游幾度被貶斥罷官，最後只好回到家鄉，過著清苦的農家生活。

西元一二〇〇年，陸游已經七十五歲了，此時，唐琬早因抑鬱傷心病逝了近四十年。又是一個春天，陸游又去沈園遊覽，風光依舊，但當年的題詞已模糊難辨，當年唐琬的影子再也不會出現在眼前了。陸游走到當年和唐琬會面的小橋，撫今思昔，痛定思痛，又聯想自己一生不得志，今天孤獨地來到

令人傷心的地方。於是，他寫下了〈沈園二首〉七絕，抒發感慨：

其一：

城上斜陽畫角哀，沈園非復舊池台。

傷心橋下春波綠，曾是驚鴻照影來。

其二：

夢斷香消四十年，沈園柳老不吹綿。

此身行作稽山土，猶弔遺蹤一泫然。

陸游的前作〈釵頭鳳〉和後來的〈沈園二首〉，記下了大詩人的愛情悲劇和真摯的感情，成為愛情詩的千古絕唱。

然而，愛情的悲劇對陸游的打擊並沒有使詩人就此頹唐、沉淪，沒有使詩人陷入感傷中不能自拔。遭受愛情悲劇的打擊之後，陸游繼續為實現自己的抱負而努力，積極投入抗金鬥爭。同時，作為一個大詩人，他的作品沒有因愛情挫折而低沉纏綿。這位產量極豐的詩人，留下了近一萬首詩詞，其中絕大多數都是激越、雄渾的呼喊和錚錚有力的語句，表現了詩人豪邁的氣魄和寬廣的胸懷。可見，在愛情和事業之間，陸游還是把事業放在首位的。這可以說是陸游成為名垂千古的愛國詩人的一個原因，也是他難能可貴的地方。

衝冠一怒為紅顏

——吳三桂對陳圓圓的戀情

楊貴妃的故事因白居易的〈長恨歌〉而傳頌千載；陳圓圓的故事則因吳偉業的〈圓圓曲〉而廣為流傳。

慟哭六軍俱縞素，衝冠一怒為紅顏。
全家白骨成灰土，一代紅妝照汗青。

以上是〈圓圓曲〉中的兩句詩。吳偉業對吳三桂當然是極盡諷刺之能事。在詩人看來，吳三桂之所以要引領清兵入關，只是為了愛妾陳圓圓。這裡含有藝術的誇張成分，但卻不是毫無根據的。為了說清事情的來龍去脈，下面先介紹陳圓圓其人。

陳圓圓，本姓邢，名沅，字畹芬，江蘇蘇州人。〈圓圓曲〉中有「家本姑蘇浣花里，圓圓小字嬌羅綺」句。姑蘇即蘇州。她的父親叫邢三，是個貧苦農夫。圓圓幼年喪母，父親就把她送給圓圓的姨媽撫

養。姨父姓陳，圓圓就改姓陳。圓圓的姨媽是個俗稱「養瘦馬」的人。所謂「養瘦馬」，就是專門領養別人的幼女，等幼女長大後就賣給人家做妾或歌妓。陳圓圓自小學會了唱歌跳舞，並粗通文墨，能寫一些詞曲，後來成了蘇州城裡著名的歌妓。

當時中國的歌妓其身分和日本的藝妓差不多。「蓋以歌舞悅人者，即所謂歌妓藝妓也」，她們並不是通常人們心目中的那種賣淫的娼妓。

陳圓圓天生麗質，聰明過人，能歌善舞。她十八歲時在蘇州登台演出，自稱「玉峰女優陳圓圓」。她演花旦，在《長生殿》裡扮演楊貴妃，在《霸王別姬》裡飾虞姬，在《西廂記》中扮崔鶯鶯。登台不久，她那無雙的俏麗和技藝真所謂是「聲甲天下之聲，色甲天下之色」，一下子就成了名揚四海的紅歌妓。

陳圓圓的名聲很快傳到了北京。周后的父親周奎出高價把陳圓圓買到北京，送入宮中想取悅主子為自己謀取榮華。周后則想利用圓圓來奪掉崇禎對田妃的寵愛。但這時明王朝已受到起義軍和清兵兩股武裝力量的威脅，朱由檢已無心於女色，因此他叫田妃把圓圓賜給她的父親田弘遇。

這事大概發生在崇禎十六年，即西元一六四三年。翌年，即一六四四年是中國歷史上翻天覆地的一年。這一年，李自成在西安正式建國，國號大順；這一年，北京城被李自成的軍隊攻克，崇禎皇帝縊死煤山，明皇朝滅亡；這一年，清兵勾結吳三桂，入主中原，遷都北京，建立清皇朝。就在明軍、清軍和大順軍三股勢力做最後較量、決定一六四四年以後中國歷史面貌的關鍵時刻，陳圓圓身不由己地被作為

一個籌碼而捲入了三股勢力爭鬥的漩渦。這是封建社會裡一個美女的悲劇。

李自成建立大順國後，起義軍更是勢如破竹。三月拿下太原、代州，四月便從居庸關向北京進發。田弘遇眼見自己百萬家私行將付之東流，惶惶然如喪家之犬。陳圓圓向他獻策說，最好找個有實力的武將作靠山。田弘遇想起了吳三桂。

吳三桂祖籍江蘇高郵，後遷入遼東。到了吳三桂的父親吳襄時，吳家在遼東已有田產百萬畝。崇禎皇帝賜封吳襄為提督，總管京師兵馬，封吳三桂為山海關總兵，後又加封平西伯。

一天，吳三桂應召入京覲見皇上。田弘遇乘機在家設宴款待吳三桂。酒過三巡，主人召家庭樂隊的一群歌妓出來奏曲助興。吳三桂有意向主人說：玉峰歌妓陳圓圓在您府上，今天是否出來侑（勸人吃喝）酒啊？田弘遇只得把陳圓圓叫出來。吳三桂一見，立即為之傾倒。圓圓見過客人後就撥動琴弦，彈了一曲《昭君怨》，以抒發自己的幽怨之情。吳三桂聽後更是如醉如狂。他向田氏表示，只要把陳圓圓給了他，他願盡力保護田氏家產，勝過保衛國家。於是，陳圓圓就成了吳三桂的愛妾。

吳三桂把陳圓圓佔為己有，好不喜歡。但這時崇禎催著他星夜趕回山海關，因這時關外的清軍虎視眈眈，形勢已十分危急。吳三桂考慮到把陳圓圓帶在身邊有所不便，就把剛弄到手的愛妾安置在他父親吳襄家中。

三月初，形勢急轉直下，李自成率軍逼近北京城郊。這時崇禎皇帝顧不得防備清兵，解救京師要緊。他連連下詔，十萬火急地命令吳三桂撤回關內，保守京城。

崇禎十七年三月十九日（一六四四年四月二十五日），李自成軍攻克北京，崇禎皇帝吊死煤山，明皇朝亡。三月二十日，吳三桂撤至豐潤。這時，他聽說京城已被李自成攻克，心急如焚。二十二日，他給父親吳襄寫了封家書，內稱：

聞京城已陷，未知確否？大約城已被圍，未知家口何如？望祈珍重！如可遷避出城，甚好……倘遷動，不可多帶銀物，埋藏為是。並祈告朱、陳妾，兒身甚強，囑伊耐心。

封稟後，又得探報：闖王帶四十萬人來攻，京城已破。

如此兵勢，兒實難當。擬即退至關外……家口均陷城中，其勢只能由降。陳妾安否？甚為念！

這封家書把吳三桂進退兩難、驚惶不安的心情暴露得淋漓盡致。在京城被攻克兵荒馬亂的非常時刻，他首先關心和思念著的是「銀物」和「陳妾」。陳妾者，他的尤物陳圓圓也。面對李闖王的「如此兵勢」，他估量的結果是覺得「實難當」。為了保住銀物和尤物，他準備歸順李自成。吳偉業在〈圓圓曲〉中不無諷刺地說：「妻子豈應關大計，英雄無奈是多情。」

三月二十五日，吳三桂自豐潤退出山海關。這天他又給父親寫了封家書，內稱：

「接二十日諭，知已破城。欲保家日，只得降順。達變通權，方是大丈夫。」

這時他還是準備向李自成投降。但是，到了二十六日，吳三桂的態度來了個一百八十度的大轉彎，因為他聽到了他的家被抄，陳圓圓被搶走的消息。是日，他乘闖王軍不備，在山海關向農民起義軍發起

突襲。他在三月二十七日的家書中是這樣寫的：

前日因探報劉宗敏掠去陳妾，又據隨人來營，口述相同。賊掠婦女，無不先姦後斬。嗚呼哀哉，今生不能復見。初不算父親失算至此。昨乘賊不備，攻破山海關，大獲全勝，殺賊殆盡，駐軍關內，一面向清國借兵。本擬長驅直入，深恐陳妾或已回家，或劉宗敏知係兒妾，並未姦殺，以招兒降。一經進兵，反生無理。故飛稟問訊。

從這封家書中看出，吳三桂對愛妾陳圓圓確是念念不忘的，愛妾的命運居然影響著他的去從。這裡還透露出，為了陳妾，他打算「向清國借兵」；也為了陳妾，他暫時沒有「長驅直入」。

其實劉宗敏掠去陳圓圓是訛傳。真實的情況是李自成把陳圓圓保護起來了。攻破京城後，面對虎視眈眈的清兵，李自成想招降吳三桂，因此一進城就把陳圓圓和其他十五名婦女一起保護在宮中，作為人質。李自成聽到吳三桂偷襲農民軍的消息後，馬上派五萬大軍，隨帶四萬兩白銀和一封吳襄致吳三桂的信，星夜啟程向山海關方向進發。顯然，李自成是想用軟硬兼施的手法逼吳三桂歸順。吳襄致吳三桂的家書是牛金星代筆的，內容是勸吳三桂投降大順軍。

讀了牛金星代吳襄所寫的那封家書後，吳三桂佯裝準備赴京歸順新主。但中途他又突然變卦，再次襲擊農民軍。李自成得悉後大怒，立即下令把吳襄投入獄中，作為報復。不久，李闖王得到一個精確的情報：多爾袞正率二十萬清兵向山海關趕來。盛怒的李自成一下子平靜下來，當即下令把吳襄從獄中放出來，並馬上帶著明皇朝的太子、吳襄、陳圓圓以及朱由檢的其他幾個兒子永王、定王等人質，親率

二十萬大軍急赴山海關，準備再次向吳三桂招降，並拆散吳和清兵之間的勾結。

李自成對形勢所作的判斷是正確的，措施也是及時的，但他不甚了解吳三桂是個反覆無常、靈魂卑劣的小人。

這時的吳三桂已準備甘當民族敗類，把自己的靈魂出賣給多爾袞了。

原來李自成的大順軍直逼北京後，清軍的實權人物多爾袞認為是個天賜良機，就用「富貴共之」為誘餌，收買吳三桂之類的漢奸，實現入主中原的計劃。清兵大舉向山海關奔來之時，吳三桂就派他的副將楊坤帶著他的親筆信前往清營和多爾袞接頭。多爾袞也派自己的妻弟拜然前往山海關。

多爾袞以高官厚祿來引誘吳三桂，並解除他的種種疑慮。多爾袞對吳三桂說，你以前與我為敵，現在不必為此疑慮。你率軍來歸，必封你為王。一則報了仇，一則白家可保，世代子孫永享富貴。許諾封吳為王，這實在是個不小的誘惑，吳三桂決心甘當民族敗類了。正當他們在緊鑼密鼓地加緊勾結之際，為了緩兵之計，吳三桂仍派人和李自成談判周旋，並達成協議。其中規定，農民軍撤軍，交還明太子和陳圓圓等人，如清兵來攻，「合力攻擊，休戚相共」。

顯然，這時李自成已把漢滿的民族矛盾放在第一位，為了抵抗滿清，他甘願向吳三桂作出妥協。李自成開始踐約，把明太子和陳圓圓交給了吳三桂。

這時，多爾袞已率清兵抵達山海關。吳三桂背信棄義，大開城門迎接清兵入關。三方對陣的格局一下子變成兩軍對壘，形勢變得對農民軍不利了。

四月二十二日，吳三桂部隊的將士在肩上繫了一塊白布打頭陣，清兵殿後，聯合向農民軍發起攻擊。對清兵的突然介入，農民軍準備不足，雖經拚死奮戰，但終究招架不住，紛紛敗退，損失慘重。

李自成被迫撤退，走到永平，殺了吳三桂的父親吳襄，四月二十六日回到北京。四月二十九日，李自成在武英殿登基稱帝。第二天，李自成率起義軍撤離北京西走。從攻克北京到出走，李自成軍佔領北京只有四十二天。李自成出走兩天後，清軍佔領北京。

清軍之所以能竊取農民戰爭的成果，建都北京，建立一個新皇朝，吳三桂的作用實在不小。吳三桂之所以引清兵入關，這和他的愛妾陳圓圓確實有著密切關係，不過，這當然不是根本的原因。但，如果沒有陳圓圓的介入，這段歷史是否要重寫？將是個十分有趣的問題。

隨著清王朝的日益鞏固，吳三桂的權勢也急劇上升。為了報答他的效勞，清廷一再給他加官晉爵，最後被授以平西王，鎮守雲南，總攬雲貴軍政大權，「天高皇帝遠」，吳三桂在自己的封地內像土皇帝一樣行事。鞭長莫及，清廷也奈何他不得。和他類似地位的還有平南王尚可喜、靖南王耿精忠。當時號稱「三藩」。這三藩儼如三個獨立王國，尤以吳三桂最為突出。

吳三桂坐鎮昆明，特意在北門為陳圓圓建了一座園苑，稱「野園」。園內亭台樓閣、花木蔥蘢，園中挖有一蓮池，池水平如鏡，清澈見底。旁邊還蓋了一座珠簾繡幕的畫樓，相傳是陳圓圓的梳妝台。

到了康熙時，清廷決心撤藩，以消除威脅。吳三桂首先發難，發動「三藩」叛亂。康熙帝親自出征，把他們一一鎮壓平定。康熙十七年（一六七八年），吳三桂稱帝，改元「昭武」。但不久就一命嗚呼

了。

在此之前，陳圓圓已看破紅塵。她請求吳三桂說，「我侍候大王已有二、三十年，時間不能算短，長此奢華，恐遭無忌，請允許我削髮為尼。」吳三桂因見其年老色衰而同意了。於是陳圓圓就移居宏覺寺，做了尼姑。康熙二十八年（一六八九年）病逝。

偉大的人　偉大的愛

——孫中山與宋慶齡

宋慶齡是宋耀如的第二個女兒。宋耀如是國內最早聆聽孫中山宣傳革命道理的人之一，後來成為孫中山的熱情支持者和摯友。宋耀如的舅父是個在美國經營茶、絲生意的僑商，膝下無子，過繼了宋耀如。宋耀如九歲時，便到美國隨舅父生活。他得到美國有名的慈善家卡爾將軍的幫助，在田納西州凡德比大學神學院讀書。一八八六年，宋嘉澍（字耀如）回到上海，以他特有的背景，壯碩而健康的體格和美國式的開朗性情，開展了頗有作為的事業。他協助建立中國第一個基督教青年會機構，親手創建了上海福豐麵粉廠、紡織廠，創辦了美華書館，出版了大量中譯本《聖經》。

孫中山在上海，經常住在宋耀如家裡。宋耀如利用自己的身分，掩護孫中山。宋慶齡小時候就在家裡經常見到孫中山，對他的事業和人格十分敬佩、崇拜。隨著年齡的增長，她對孫中山及其事業就越來越理解，越來越敬仰了。宋慶齡十五歲時和她的妹妹宋美齡一起赴美留學。她的姊姊宋靄齡早在一九〇

四年就去美國讀書了，是中國留美的最早一個女子留學生。

一九一一年孫中山領導的辛亥革命爆發時，宋慶齡正在美國衛斯理女子學院求學。當她獲悉這一消息後，激動得滿臉通紅，立即把房間裡牆上的清王朝舊國旗扯下，踩在腳下，並掛上象徵民族聯合的共和國五色旗。一九一二年四月，她在《衛斯理》刊物上發表〈二十世紀最偉大的事件〉一文，熱情歌頌辛亥革命。

她還預言：「人口眾多、熱愛和平（這是愛的真諦）的中國，將作為和平的化身，站在世界的前列。」這時她渴望能快些再見到革命偉人孫中山，渴望自己也能投身於革命。

一九一三年，宋慶齡在美國衛斯理女子學院獲得文學學士學位後，來到日本和她的父母團聚。這年孫中山因發動討伐袁世凱的「二次革命」失敗，被迫再次流亡日本。宋耀如因支持革命，與孫中山關係密切，在國內也待不下去，於是帶著妻子和長女宋靄齡暫居日本。這期間，宋靄齡曾一度擔任孫中山的秘書工作。但來日本後，她和孔子的七十五代孫孔祥熙熱戀上了，在東京積極籌備婚事。婚後不久又回上海去了。宋靄齡在結婚前向孫中山推薦，由她的妹妹宋慶齡來接替她的秘書工作。孫中山贊成，宋慶齡也愉快地同意接受這項工作。能在孫中山身旁工作，這是宋慶齡早就嚮往的了。

宋慶齡擔任孫中山的秘書後，除積極主動做好各項工作外，還細心、熱誠地關心照料孫中山的生活。這個時期是孫中山革命生涯中最困難的一個時期。雖然推翻了清皇朝的統治，但建立共和國的理想卻慘遭打擊。由於長期的顛沛流亡、挫折失敗，加上繁重的工作，他的健康受到了嚴重的損害，心情也

痛苦抑鬱。就在這時，宋慶齡來到他的身邊工作，給予他極大的支持和照料，使他精神上獲得巨大的補償和慰藉。在患難中他們建立了最早的情誼。透過一年多的密切接觸，他們對彼此的高尚品格和革命情操有了進一步的了解，彼此心中萌發了愛情的火苗。

此時，宋耀如患病，全家遷回了上海。宋慶齡準備到上海省親。歸國前一晚，她宣布了一個埋藏心底已多時的莊重決定。那天晚上，她一邊整理文件，一邊囑咐孫中山生活飲食上應注意的幾件事。然後，她輕聲而又羞澀地說：「先生，我們結合在一起吧！」

孫中山十分感動，但他控制住自己的感情，絲毫沒有流露出驚訝的神色，而是深情地凝視著面色潮紅的宋慶齡。他心中是異常激動的。宋慶齡繼續低著頭輕聲地說：「先生，我早就夢想有一天能和你生活在一起，獻身於革命事業。要是不為一件偉大的事業而生存，生命有什麼意義呢！我們結婚，我會使你幸福，我會更好地照料你的生活。」

「蘿莎蒙黛（宋慶齡英文名字的音譯），你還是要慎重一些，多考慮一些時候再做決定。你還很年輕，只有二十二歲……」孫中山沉吟片刻後又說：「再說我現在正在流亡中，革命不知道什麼時候才能成功，我的生命也時刻處在危險中……」

「我已經考慮過了。」宋慶齡毫不猶豫地插話說。

「羅莎蒙黛，你聽我把話講完，」孫中山繼續說，「年輕人常常在短時間做出重大決定，而不經過深思熟慮的決定常常會出現錯誤。」

「我是經過深思熟慮的。我不能設想，不跟先生生活在一起我能獲得快樂。」宋慶齡再次堅定地回答。

「你還是慎重一些好，多考慮一些時候。回上海去吧，回到你父母身邊，多聽聽你父母的意見，然後再做決定，這樣好嗎，羅莎蒙黛？」

宋慶齡最後接受了孫中山的意見，回上海去徵詢父母的意見。但她還是表示，婚姻是個人的事，父母的意見當然要聽，而最後要由自己來做主。經過這樣一次談話，宋慶齡的心踏實了。第二天，她懷著美好而興奮的心情踏上了歸國的旅途。

在由日本駛往中國上海的輪船上，端莊、秀麗、文雅的宋慶齡憑欄眺望著蔚藍的大海，她此刻的心情也有如波濤洶湧的大海起伏不平。

宋慶齡回到上海家中，就把她準備和孫中山結婚的事對家人講了。父母聽後十分驚訝，表示反對。他們認為，這樁婚事既不合基督教的信條，也不合中國傳統的習俗。自己的女兒和父母同輩的最好的朋友和同事結婚，使他們痛苦和失望。家裡的成員，除了遠在美國讀書的妹妹宋美齡沒有反對，其他人也都不贊成。

宋慶齡的父親回想起女兒小時候崇敬與仰慕孫中山的一切，思想動搖了。但她的母親執意不同意：「你要是和孫中山結婚，就不要再回到這個家裡來。」宋慶齡苦惱極了。她熱愛雙親，不願離開溫暖的家，但她更嚮往革命鬥爭生涯，更不願離開傾心仰慕的孫中山。她選擇了一條很艱難的生活道路。

一九一五年十月二十四日，宋慶齡第一次違背父母的意願返抵日本，第二天就在東京宣布和孫中山先生結婚。

在他們結婚的前一個月，即一九一五年九月，孫中山先生的元配夫人盧慕貞專程從澳門來到日本，與孫中山辦妥了離婚手續。這裡得回頭追敘一下孫中山與盧慕貞的婚事。

孫中山自小接受西方教育，從青少年時代起就對封建禮教持反對態度。但他自己的終身大事還是由父母做了安排，這當然是限於當時的歷史條件。一八八三年，在他十九歲時，由父母做主與盧慕貞結了婚。

盧慕貞，廣東香山縣人，與孫中山是同鄉，出生於一八六七年。她是中國典型的舊式鄉村婦女，基本不識字，不問政治，以做賢妻良母為己任。他們結婚後，孫中山繼續攻讀醫科，畢業後不久就投身於轟轟烈烈的民族民主、救國救民的革命鬥爭中去了。為了革命事業，孫中山長期顛沛流離，奔走於海內外；而盧慕貞則默默地留在家中撫育子女，侍候公婆。夫妻團聚的時候少，分離的時間多。他們婚後的第七年，即一八九一年十月，盧慕貞在老家香山縣翠亨村生下長子孫科。之後她又生了兩個女兒，長女名孫　，小女名孫婉。大女兒不幸於一九一三年早逝，年僅十八歲。

盧慕貞也是與孫中山同甘共苦的。一八九五年在老家生下孫　後不久，孫中山在廣州發動重陽之役失敗。清政府株連家屬，進行迫害，盧氏扶著婆婆楊太夫人，帶著襁褓中的孫　和四歲的孫科，遠涉重洋，從故鄉香山投奔在檀香山經商的孫中山胞兄孫眉。此後二十年，盧慕貞基本上依靠大伯孫眉過活。

一九一一年辛亥革命成功，孫中山從美國返回祖國，在南京就任臨時大總統。他因忙於政務，無暇親自對家小做出安排。一九一二年二月，盧慕貞才由一名同盟會會員、南洋華僑護送到南京。由於袁世凱從中作梗，臨時政府始終不穩定，孫中山艱難地奮鬥著，處境困難。眼看丈夫為革命操勞奔波，自己卻不能助他一臂之力，盧慕貞深感內疚。大概這時，賢慧善良的盧慕貞就產生了孫中山應另有一個更理想的賢內助的想法，加之她向來過慣了寧靜的生活，於是在南京只住了三十五天，就單獨返回廣東老家去了。

一九一二年四月一日，孫中山辭去臨時大總統職務，讓位於袁世凱。一九一三年二月，他以鐵路督辦身分赴日考察鐵路事業。三月八日，盧慕貞抵達日本神戶。兩天後她去大阪與孫中山相聚，但這次兩人住在不同的旅店。孫中山按已安排好的日程繼續西下考察，而盧慕貞則向東往東京出發。十六日，盧慕貞和宋靄齡在東京因車禍受重傷。孫中山委託宋耀如照料她，自己繼續從事繁忙的工作。同年三月，宋教仁被刺後，孫中山返抵上海，開始反袁鬥爭的「二次革命」。盧慕貞則又回到澳門大伯孫眉處。

「二次革命」失敗後，孫中山被迫再次流亡日本，繼續從事革命事業。這期間，賢淑善良的盧慕貞主張自己與丈夫分離，建議孫中山與另外更合適的女子結合，以便更好地照顧他的生活，分擔他艱鉅而又繁忙的重任。一九一五年九月，盧慕貞來到日本，孫中山和她商量自己與宋慶齡結婚的事。她同意，並很快辦妥了離婚手續，然後返回澳門孫眉處居住。

十月二十五日，孫中山與宋慶齡在日本著名律師和田端主持下辦了結婚手續，簽署了《婚姻誓約

書》，並委託律師去市政廳辦了結婚登記。然後舉行了極為簡單的婚禮，雖只請了幾位朋友參加茶點宴會，但宋慶齡感到十分幸福。

她對孫中山先生說：「這是我一生中最幸福的日子。」事後，宋慶齡在給一位美國學友的信中曾這樣敘述他們的婚禮和自己的心情：

> 婚禮盡可能簡樸，因為我們兩人都不喜歡多餘的儀式。我是幸福的，我想盡可能地幫助丈夫多做英文通訊工作。我的法語大有進步……因此我相信你可能理解，結婚對我來說，除了沒有傷腦筋的考試以外，它好像上學校。

從信中可以看出，宋慶齡是完全把自己的生活融在孫中山的工作中了，以自己的全部身心支持丈夫的革命事業。個人的生活和人生的理想都找到了歸宿，因此她感到幸福。

孫中山與宋慶齡這對革命情侶的結合，其意義遠遠超出了組成一個新的家庭。從此，孫中山不僅有了一個生活的伴侶，而且又有了一個親密的戰友和得力的助手。另一方面，宋慶齡則進一步受孫中山的革命理論和革命思想的薰陶，進而又積極協助孫中山發展革命理論，為中國革命做出了傑出貢獻。因此，他們的愛情稱得上是偉大的愛情。

一九二二年六月十六日，廣東軍閥陳炯明突然發動叛亂，叛軍包圍了孫中山的寓所和總統府。孫中山身邊只有五十名衛士，力量十分懸殊，情況萬分危急。孫中山臨危不懼，要衛隊保護好夫人，先衝出去；宋慶齡則執意要孫中山化裝後先撤，自己留下來掩護。她堅定而深情地說：「逸仙，中國可以沒有

我，不可以沒有你！危難之際，要以國事為重。」最後，在妻子的堅持下，孫中山化了裝，帶了隨身衛士在夜幕掩護下衝出重圍，登上「永豐艦」，指揮平叛。宋慶齡則在孫中山突圍時命令衛隊開火以吸引敵人的火力，掩護總統脫離險境。經歷了千辛萬苦和生死的考驗，第二天，宋慶齡化裝成農婦終於回到了孫中山的身邊。

在「永豐艦」上重逢時，這對患難與共的革命夫妻緊緊地握著手，熱淚盈眶。宋慶齡說：「逸仙，好像是死別重逢！」孫中山撫摸著妻子的肩膀說：「為了我們的事業，羅莎蒙黛，你受苦了！」

後來，陳炯明的叛亂雖被平定了，孫中山夫婦自己卻付出了無法補償的代價：宋慶齡流產了，這是她一生中唯一的一次妊娠。

在經歷了無數挫折和失敗後，孫中山重新思考了中國革命向何處去的問題。他逐漸認識到軍閥只顧積聚個人的權力和財富，必須打倒軍閥；他也認識到不應再寄希望於西方列強，應面向俄國。一九二四年一月，孫中山在國民黨第一次全國代表大會上重新解釋三民主義，改組國民黨，並確立了「聯俄、聯共、扶助農工」的三大政策，實行了第一次國共合作。在這個過程中宋慶齡協助孫中山做了大量工作，孫中山與我黨及共產國際代表的許多次磋商、談判，都是宋慶齡具體安排並親自參加的。她不但積極支持孫中山的新政策，並堅決捍衛它。右派馮自由之流攻擊她是「夫唱婦隨」。宋慶齡鄙夷地回敬說：「夫唱婦隨並沒有什麼不好，因為，先生唱的是正義、真理、革命！」

一九二五年三月十二日，中國革命的偉大先行者孫中山先生與世長辭了。大地震動，舉國哭泣，宋

慶齡的悲痛更是難以言狀。她頂住家庭的壓力、世俗的偏見而不惜一切得到的革命情侶，在經歷了十年的朝夕相處、患難與共的抗爭生活後，如今過早地離去了。革命需要他，中國需要他，她也需要他。她內心的悲痛該有多麼深沉！然而她把悲痛深深地埋在心底，堅定地舉起孫中山的旗幟，繼續前進。她在孫中山彌留之際向先生保證說：「我會繼承先生的遺志的！」實際也證明，她履行了自己的諾言。

母親的繩索　情人的麻

——胡適的婚戀

他的婚姻發生在「洋博士」與「小腳太太」之間，是一段中西合璧、土洋結合的並非浪漫的故事。他的愛情卻在追求自由浪漫與面對現實的矛盾中苦苦掙扎。

他是胡適。他的婚戀是那個時期一段蘊含豐富、內容複雜的歷史文本。

***　　***　　***

婚姻是奉母親之命，依媒妁之言，在算命先生的瞎湊下訂下的。

那一年，胡適只有十三歲。然而他卻要與寡居十年、與他相依為命的母親分開了。寡母恪守丈夫的遺囑，從小嚴格要求胡適好好讀書。在寡母心中，她只知道胡適的父親——她的丈夫是一個完全的人。她要胡適能踏上他的腳步，而如今，兒子要遠行——去上海讀書，她怎麼捨得呢？

這一夜，寡母又失眠了，並且看著睡著的兒子哭了一夜。母親的不眠之夜和汩汩淚水，浸潤著胡適

的心靈，之後他人生的每一步似乎都劃出了母親的淚痕，背負著母親的憂思。

十年了，實在不容易。如今，說什麼也不能讓兒子就這麼遠走。母親哭了一夜，想了一夜，終於想出了一個拴住兒子的好辦法。她要行使母親的權利，她要使用幾千年來每個母親都有的特權來拴住兒子。她想起了幾天前呂姓大嫂對小胡適的誇讚，那份好感溢於言表，這位大嫂還說：要是她能招小胡適這樣的兒郎為女婿，那準是前世修行有成。既然她有此意，何況其女也不錯，何不順水推舟，答應這門親事呢？

第二天清早，小腳母親便開始為這件事積極奔走：託媒、算命、開禮單、送聘禮。於是，小胡適的終身大事就這麼匆匆地給定下了。

母親的繩索終於套在胡適的身上。十三歲的小胡適，雖然不懂母親為什麼要這樣做，但他覺得母親是為他好，也許應該是對的吧，他只想到上海進新學堂讀書，母親說的事還太早。

沒有人能拒絕成長，胡適也一樣。在外求學，知識不斷增長，閱歷也愈來愈深。他對於個人的婚姻愛情也日漸了解，甚至在這方面也存在著明顯的矛盾，而這些矛盾心理的表露，終於使母親早已繫下的繩索有些晃蕩了。

一九〇八年，寡母終於想將兒子拉回來了：她為兒子佈置了新房，甚至連婚禮的爆竹也都買好備放。可謂萬事俱備，用胡適的話說：「只是未抓住我這個新郎。」

胡適擬「求學要緊」、「繼承父業」為由，一拖再拖，一逃再逃，終於在一九一〇年八月中旬，登上

赴美船隻，取得抗婚的初步勝利。美國的生活給胡適另一種感受、另一種思想，處於兩種文化夾縫中的胡適在思想、感情、生活方面注定要發生一些更大的變化。

兒子不辭而別，飛往國外，使得寡母在生氣之餘也為有這樣一個有出息的兒子而自豪。但感情在事實面前有時是無力的。隨時光的流逝，胡適離家已有七年了，但他未有絲毫回歸的跡象。寡母的情緒也由自豪漸漸轉入平靜，進而是不安。她怕兒子違約另娶，那麼兒媳江冬秀怎麼辦，更何況江冬秀本人也為此憂心忡忡，怕成了嫁不出去的老姑娘。

對胡適而言，異地生活絕對不是風平浪靜、一帆風順的。在美國的最初四年裡，胡適不曾進女生宿舍，也不敢交女朋友，在情感的壓抑之下，他的思想一度回歸傳統，認為相比美國的婚姻方式，中國的舊式婚姻更能「培養青年人的守常、忠貞和純潔之心」。然而，他在東西方文化間築立的心理防線最終以崩潰結束——一個與眾不同、與人不太合群的美國女士以獨特的方式走進他的心中。這位女士名叫韋蓮司，康乃爾大學地質學教授H·S·威廉的女兒。她為他的思想注入新的東西，啟發了他的心智，使他墜入情網。但是因種族、膚色、信仰的不同，兩人又似乎難以交融，尤其是韋蓮司的母親從中作梗，棒打鴛鴦，這場戀愛不得不告終。

就在胡適與韋蓮司女士陷入情網中時，東方才女陳衡哲（筆名莎菲）又闖入胡適的生活之中。當然這在最初還只是才女一方對胡適單方面的愛慕。

陳衡哲，一八九〇年七月生於江蘇常州，原籍湖南衡山，為官宦人家。她自幼飽讀詩書。一九一四

年，在首次允許女子參與競爭的庚款官費留美考試中，她有幸考中，同年秋赴美。一九一五年入瓦沙大學。一九一六年夏，在紐約上州城市綺色佳（Ithaca）度假時結識了胡適之友任叔永，被他看中，並痴迷地追了上去，而陳女士卻發現自己愛上了胡適。

家有母親的催促，外有不能結秦晉之好的韋蓮司女士，又遇到了陳衡哲，胡適真是難上加難，平添一重苦惱。面對陳女士對自己的那份特殊好感，而好友任叔永又積極地追求著陳衡哲女士，胡適又是退避三舍，促成陳與任結為百年之好。

後來，胡適為其愛女取名素斐，雖不能說是紀念他和陳女士的舊情，至少隱約可見胡適對陳衡哲私下的愛慕之情不減。

胡適在異地經歷了長期磕磕絆絆的情感變革之後，終於有一天他在家書中堅決而又明確地向母親表示：他和江冬秀的婚約絕對有效，絕無別娶之意。這之前，胡適為自己的包辦婚姻投入了一切關注，試圖感情突圍，但他終於做出了最後的決定：委曲求全。

一九一七年，胡適終於準備回來了。做母親的，眼看手中的繩索就要把兒子從大洋彼岸拉回來了，自然高興之極，家裡再次忙碌起來——為兒子的歸來，更為迎娶之日的將近。

同年十二月三十日，在安徽績溪上莊，一場在當地首開新風的結婚儀式進行了。

那一天，胡適穿著一套西式禮服，江冬秀穿著胡適在北平為她訂做的黑緞繡花的裙子和短褂。當花轎將江冬秀抬來時，沒有叩頭拜天地那一套，這對大齡青年只是相對行了鞠躬禮。

這一天是喜慶的日子，本不該哭哭啼啼。母親卻激動得流淚，因為從此將了卻她的一樁心事。江冬秀也暗自落淚，十三年沒見面的相思，從今完結。

胡適在這人生的大喜之日有更多的感嘆，他提筆為詩：

把一樁樁傷心往事，

從頭細說。

你莫說你對不住我，

我也不說我對不住你，——

且牢牢記取這十二月三十夜的中天明月！

母親滿意地看著兒子就範於她包辦的婚姻，又高興兒子二十七歲時蜚聲文壇，當上全國最高學府——北京大學的教授。她了卻了心事，也走完了她人生旅途的最後一程。終於，她結束了自己二十三年的守寡生活，撒手西歸。

母親是胡適與江冬秀命運的主人，是這對本無情可言的情人的繫繩人。母親的去世對胡適和江冬秀而言意味著什麼呢？是否他倆之間也要經歷一次「革命」呢？

然而，江冬秀是不允許的。她雖為一個深受封建禮教毒害的普通婦女，但其為人做事，果斷幹練，頗有魄力，以致於胡適有了「革命」的非分之想時，她不溫柔相勸，而是抓住其愛惜名譽的特點，大吵大鬧，寸步不讓，甚至以死相脅：「你要離婚可以，我先把你兩個兒子殺掉。」有一次，她竟然向胡適

擲去一把剪刀，這終於使胡適斷了「塵緣」。

如果說胡適的社會情操使他的「戀母」情結近於殉孝，那麼這單純的戀母又促成他為江冬秀的所謂幸福和個人心理上的平衡而「殉道」。

是母親塑造了胡適的性格；

是母親的玉成、也可以說是湊合了一對無情的夫妻。

＊＊＊　＊＊＊　＊＊＊

維持著沒有愛情的婚姻是痛苦的，維繫沒有婚姻的愛情是不幸的。和胡適一同不幸的還有另一個女人——曹佩聲，這個曾與胡適以月亮為暗號，用詩詞傳遞愛情，一生痴戀不改的可憐女人是我國農學史上第一位女教授。但是由於那「剪不斷，理還亂」而最終仍難以實現的淒苦姻緣，使她長期生活在悲傷絕望的苦思苦戀之中，流盡了眼淚，熬乾了心血。最後帶著無盡的相思和悲憤，抑鬱而死。

兩人的最初相逢是一九一七年胡適結婚這一天。作為伴娘的曹佩聲，在胡適眼中像一朵剛剛衝出苞蕾的鮮花，有幾分嬌羞，有幾分嫵媚。從那天起，胡適為這位闖入他生活的少女開始了白日夢，並且為這「夢」的實現做了許多現實的努力。

三年多時間過去了，胡適為那個在他婚禮上光彩照人的少女所做的「夢」還沒有醒。二人在平常是無緣相見的。他們之間聯繫的開始卻是在曹佩聲向胡適「乞序」（曹佩聲致函胡適，求他為旅杭的安徽鄉友會的會報作序言）之後，二人得以於杭州相逢，而這次相逢在雙方感情的湖水中投下了頗能蕩起波

瀾的石子，從此開始了頻繁的書信聯繫。

同年，當二人在杭州煙霞湖再次相會時，已是情絲縷縷。這時兩個人，一個是剛剛走出「圍城」的女子，另一個是固守住「圍城」的男子，而兩人的感情也終於發展到了同居的地步。胡適將濃濃的情愛入詩入文，開始了他和她浪漫的愛情詩旅，到別離之時，胡適記載如下：

「下弦的殘月，光色十分淒慘，何況我這三個月中，在月光下過了我一生最快活的日子，今當離別，月又來照我，自此一別，不知何日再能繼續這三個月的煙霞三個月的神仙生活了。

「我們蜜也似地相愛，心裡很滿足了，一想到、一提及離別，我們便偎著臉哭了。」

曹佩聲自小熱愛梅花，在這段同居生活中，胡適先後寫了兩首題梅情詩。其中在〈怨歌〉中寫到與曹佩聲相識、相知的過程，又寫了曹佩聲因無後而被婆家歧視離婚。在詩尾寫道：

拆掉那高牆，
砍倒那松樹，
不愛花的莫栽花，
不愛樹的莫栽樹。

由此可以看出胡適對曹佩聲的傷感與同情，以及他要拆掉那封建倫理家族的「高牆」與曹佩聲傾心相愛的內心顫動。這一次胡適是動了真情，甚至已不顧禮教和理性的束縛了。

而曹佩聲對胡適的愛更是一生一世的如醉如痴，深切而又痛苦。她說：「我們自小相好到如今，

可是沒有愛的緣分，……今後，我將為胡適之守節了。」曹佩聲暱稱胡適為「糜哥」（胡適乳名為嗣糜）。她給胡適的一封信中寫道：「糜哥，我愛你，刻骨銘心地愛你，我回家以後，現在仍然一樣地愛你，請你放心……祝我愛的糜哥安樂。」

然而正是這刻骨銘心的愛卻因胡適未和江冬秀離婚，而將他們的一生演化成了無盡無休的浪漫淒苦的愛情悲劇。

胡適回到北京，當他面對母親給他的妻子時，卻不敢再提離婚的事了。感覺陡轉，使他有了「淒涼如何能解」的哀傷。一段神秘甜美的愛情之後，他怎能忍受此時的孤寂？給胡適「暫時安慰」的只有月光，但同樣的月光，五個月前是溫和的，如今卻是透涼了的。昔日的充實與和諧，今日卻只有孤寂與無法排解的苦悶。胡適感到如今他愛的「迷夢」被驚醒了，醒後等待他的是「煩悶」。他怕江冬秀再鬧下去，他怕江冬秀的威脅。如果真鬧下去，真出了人命，豈不真失了他的「面子」？所以他的「革命」就此為止——他退卻了！

這下可害苦了曹佩聲，她成了這場「家庭革命」的犧牲品。

之後的日子裡，雖然二人仍在暗中相會，胡適有了一時的快意與滿足，而曹佩聲卻只有一種強作歡顏的苦笑。他們的美好時光一去永不回還，而這好日子也只會是短暫的瞬間。二人只有在這種相思之苦的煎熬之中度過了。這份苦情，無法排遣，但這又變成了胡適詩歌創作的內驅力。胡適對曹佩聲是一往情深的，雖然他們無緣相守，但他們誰都走不出對方的視線。直至一九五九年六月，胡適在台灣逝世

前，仍念念不忘大陸的「苦情人」曹佩聲，並淒然提筆寫下二十年前送給曹佩聲的詩句：

山風吹亂了窗紙上的松痕，
吹不散我心頭的人影。

「革命」時代，胡適仍固守著「圍城」，這在當時的社會上傳為佳話，並為胡適贏得了聲譽，胡適對此頗為得意，他曾寫道：

「我生平做的事，沒有一件比這件事最討便宜的了，有什麼大犧牲？……最佔便宜的是社會上對於此事的過分讚揚，這種精神上的反應，真是意外的便宜。」

這段話恐怕又顯示了胡適的另一面，這分明是拿自己的婚姻當兒戲，是一種沽名釣譽。為了自己的名譽而犧牲情人的純真愛情，這在中國知識分子中又何止是胡適一個人呢？他既不是第一個，也不是最後一個。

曹佩聲雖然怨恨胡適的膽怯與退卻，但是她對他的戀情仍纏在身上，繞在心頭，掙不脫，甩不開，斬不斷。二十年後，她作了〈虞美人〉送給胡適：

魚沉雁斷經時久，未悉平安否？
萬千心事寄無門，此去若能相遇說他聽：
朱顏青鬢都消改，惟剩痴情在。
念年辛苦月華知，一似霞樓外數星時！

曹佩聲為胡適犧牲得太多太多了。她為他犧牲了愛情，失落了一生的幸福，直到「文革」中，她被流放回故鄉之時，即使病魔纏身，仍舊幻想多情的「糜哥」沒有死，她相信終有一天胡適會回來找她，她會和他一起重回那杭州西子湖的船上，一起到煙霞湖的夢鄉裡，直至同死。她不相信胡適會死，她在遺囑中，讓親友把她安葬在家鄉村口——那是胡適回家的必經之路，她相信，總有一天，她會在地下聽到胡適歸來的腳步聲，會聽到她的「糜哥」疲憊的喘息……

***　　***　　***

胡適的後半生，為了不惹江冬秀發怒、生氣，也能使自己安心看書、寫文章，表現出一副「懼內」——怕老婆的樣子，維持著沒有愛的婚姻。

不管怎麼說，胡適走完了他不平凡的七十二年的路程，離開了人世，他與江冬秀也算是白頭偕老了吧！

文士的跨國婚戀

郭沫若與佐藤富子

郭沫若有過中國妻子，也有一個外國夫人，這外國夫人便是日本的佐藤富子女士。

佐藤富子出身於日本的名門望族，祖輩是古代武士。在她還沒有出生的年代，家中就有人飄洋過海到過中國，帶回各類中國書籍，使她從小便接受了許多中國文化的薰陶，對中國一直很嚮往。

一九一四年初，郭沫若懷著「報國濟民」的願望來到日本留學。他先就讀醫學，後來在資產階級民主思想的影響下，接觸了泰戈爾、歌德、惠特曼等人的作品，決定獻身文學事業。這期間，貌美的日本姑娘佐藤富子走進了他的生活領地。

一九一六年夏天，官費留學生郭沫若到東京聖德瑪麗醫院探望患結核病住院的朋友（該人士是中國留學生），在這裡，他第一次見到了當護士的佐藤富子。她那一米六七的身材，勻稱的身段，白淨的臉龐，在郭沫若心底留下了深刻的印象。不久，郭沫若的朋友病逝。聽到異國青年的死訊，佐藤富子流下

了同情的眼淚，又說了些安慰郭沫若的話。

郭沫若感到了一種「痛苦的甜蜜」，他在自己後來的作品中寫道：「上帝可憐我，見我死了一個契己的良朋，便又送來一位嫻淑的膩友來，補我的缺陷。」（《三葉集》）

自從與佐藤富子邂逅，郭沫若本已枯竭的情海，立刻掀起了巨浪狂濤。

原來早在郭沫若十九歲那年，父母在樂山沙灣老家給他娶了一個農家女張瓊華。婚前雙方沒見過一次面。迎親那天，新娘剛從花轎中伸出一隻腳來，郭沫若便在心中叫了一聲：「啊？糟糕！」原來那隻腳是一朵三寸金蓮。進了洞房，新郎揭開了新娘的披頭，不禁心中一陣悲哀：「只看見一對露天的猩猩鼻孔！」

郭沫若逃離了舊式婚姻的樊籠，抱著學點實際本領報效祖國的願望來到日本。

不曾想他的愛火在日本又被佐藤富子所點燃。很快，郭沫若用英文給佐藤富子寫了一封信，信中寫道：「當我在病院第一次見到你，你彷彿像聖母瑪利亞來到我的面前。你青春煥發，眼睛傳神，嘴像櫻桃般的紅妍。無數病人得到你細心地照顧，激起我由衷地對你的愛戀……」

富子被信中的懇切言辭所打動，也為這位中國青年知識分子所具有的魅力所傾倒。她給郭沫若回了信。郭沫若喜不自禁，一星期又連寫了三、四封信給富子。

鴻雁在岡山（此時，郭沫若在岡山第六高等學校學醫）與東京間穿行，把兩個異國男女的心緊緊地拴在了一起。愛情的聖水滋潤了郭沫若乾枯的心，他按捺不住自己的激動，於這年十二月，將富子從東

京接到岡山同居，為她取了一個中國名字——安娜。

富子的父母反對他們的結合，安娜卻義無反顧。為此她受到「逐門」的處分。郭沫若的父母聞訊亦大怒，斥之為「大逆不道」，並與他斷絕了通信。直到一年後，得知孫子郭和夫出世了，才原諒了他，但要他向張瓊華賠罪。郭沫若萬般無奈，迫不得已給張瓊華寫了一封信，請求理解。信中寫道：「我們都是舊禮制的犧牲者，我絲毫不怨你，請你也不要怨我罷！可憐你只能在我家中做一世的客，我也不能解救你。」

當郭沫若和佐藤富子剛剛品嘗到蜜月的甘甜，就感受到了囊中羞澀的窘迫。當時郭沫若每月只有政府發給的四十八元留學生生活費，因雙方父母反對他們的結合都不給資助，他們只好省吃儉用。此時的富子也立即從小姐的臥室走出來了，去當女工，去做女傭。她用自己的手，用自己的血和汗掙來的錢，幫助郭沫若。她沒有一丁點的懊喪、悲哀和退縮，反而把頭揚得高高的，在光榮與至善的希望中，無畏地向前遠眺……

很快，他們有了孩子。富子一面撫養孩子，一面拚命工作，一面要照顧好丈夫。艱難、拮据、緊張的境遇使她的臉龐過早地布上歲月風塵的印記，手指變得格外粗壯，她那一米六七的苗條身材開始微微弓起。她在倔強地生活著！

寂靜的夜，她裝睡，等甜蜜的鼾聲響起後，她躡手躡腳地爬起，在淡淡的燈光下洗起白天從別人家抱回的衣服。

洗著，不覺睏著了。她倏地清醒，捶了捶自己的頭。

洗著，孩子被驚醒，「哇」地哭了，她忙不迭地去哄，只怕吵醒郭沫若。孩子安靜地又睡著了，她轉身想再輕輕地去洗衣服，哪知身後不知被什麼拉住了。回身望去——呵，是郭沫若的一隻手臂。

「歇歇吧，你看星星和月亮都在勸你呢！」

她莞爾一笑，望了望窗外。清藍色的天空上閃爍的星星和皎潔的月亮好像真的在對她說話，但她聽出的完全是另一個意思。她告訴郭沫若道：「星星和月亮在對我講，你姓郭後，就是一個中國人啦！」

兩人激動地摟在一起。

這一階段，郭沫若開始學寫白話詩，並試著投寄給《時事新報》，沒想到一下便發表了。這極大地刺激了他的創作欲望，從此他寫詩的熱情一發而不可收拾，「個人的鬱積，民族的鬱積，在這時找出了噴火口，也找出了噴火的方式。」一九一九年下半年至一九二〇年上半年，成為他新詩創作的爆發期。一九二一年八月，他的第一部詩集《女神》出版了，中國詩壇上豎起了一座豐碑。

一九二三年三月，郭沫若從帝國大學醫科畢業了。四月一日，他牽著和兒，抱著博兒，富子背著剛兩個月的佛兒，回到了上海。他與成仿吾、郁達夫一同擠在哈同路民厚南里泰東圖書局編輯所一幢弄堂房子裡。臨畢業時，四川家裡給他寄來三百元路費，要他回去當醫生；富子也極力主張他當醫生，好解決一家人的吃飯問題；友人邀請他到北京大學當東洋文學教授，他全都謝絕了。他與成仿吾、郁達夫等人專心致志於文學團體「創造社」的事務，把精力和心思全都撲在《創造季刊》、《創造周報》和《中

華新報》副刊《創造日》的編輯工作上，從泰東圖書局領取微薄的津貼。

一九二六年三月，郭沫若應廣東大學的聘請，擔任該校文科學長。他將富子和三個孩子託付給上海的友人照顧，隻身赴粵。在廣州投筆從戎，隨軍北伐，數月之內累升至總政治部副主任。

一九二八年二月，郭沫若由富子陪同又一次東渡日本，開始了在日本近十年的流亡生活。

為了安全起見，郭沫若以富子的姓氏在這裡安家，孩子們也以母姓入學。當時他們的生活費全靠創造社每月資助的一百元。後來，警察認出了郭沫若，一九二八年八月一日，幾個蠻橫的警察突然把這位「中國左派要人」強行帶進了監獄，連續審問了兩天。

富子心急如焚。她傾全家所有，懇求幾位朋友去營救郭沫若。八月三日郭沫若被釋放了。當富子看到他的疲憊身影出現在家門時，立刻和小女兒歡呼著跑過去擁抱。雖然僅僅拘留了三天，她覺得彷彿比三年還要長！

一難剛過，又來一難。一九二九年二月，創造社被當局封閉了，郭沫若的生活費斷絕了。他不得不再度賣文，靠寫作和翻譯換錢度日。富子則以挖地種菜和養雞來彌補開支。艱難困苦玉成了郭沫若，在勒緊褲腰帶的日子裡，他先後寫出了《中國古代社會研究》、《甲骨文字研究》、《兩周金文辭大系圖錄考釋》和《殷周青銅器銘文研究》等一系列煌煌巨著，為中國的文化寶庫增添了珍貴的財富。應該說，這些學術價值極高的著作也凝聚著富子的一份心血——如果沒有她全力以赴主持家政，照管孩子，無微不至地關心郭沫若，他是無法聚精會神地從事研究的。

一九三七年七月七日，盧溝橋事變爆發，中國的抗日戰爭全面展開了。消息傳來，富子渾身顫慄。她發現郭沫若在焦躁不安地走動，並且連飯也難以下咽了。她知道自己所愛的、所敬仰的丈夫已聽到了民族的召喚。

此時，日本警方加緊了對郭沫若的監視，增派了憲兵和便衣在他的住宅周圍巡視，但郭沫若的歸國之心更為熾烈了。

自己逃回祖國，恐怕妻子要遇到許多麻煩，這種擔憂折磨了郭沫若好久，但他最後決定置此於不顧，先赴國難。當他終於把歸國的決心告訴妻子的時候，富子曾告誡丈夫：

「走是可以的，只是你的性格不定，最讓人擔心。只要你能認真地做人，我就是有點麻煩，也能忍受。」

郭沫若深為感動。他回國後與之捨命爭戰的對象是日本，留居下來的妻子將遭受非同尋常的迫害。在乘船離開日本的夜晚，他思念著富子，在日記中寫道：

「女人喲！你這話是我下定了最後決心的。你，苦難的聖母！」

然而，郭沫若當時的出走，卻是絕密的，連安娜也未告之。

一九三七年七月二十五日，天將拂曉，郭沫若身穿和服，腳踏木屐，離開了家門。這天清晨，他寫好了給安娜及四兒一女的信。離家之前，他又一次踱回寢室，滿懷深情地在妻子額上一吻，作為訣別之禮，然後佯裝外出散步，走了。

他長時間沒歸，幾個警察咚咚敲開房門，厲聲問：「郭先生到哪裡去了？」

「可能去伊東溫泉沐浴。」富子平靜地答道。

警察們被支往伊東，當他們發瘋似地下大網搜捕之際，郭沫若已登上了遠洋客輪。

幾天後，一封電報到了這個東方島國：郭沫若平安抵達上海。

日本軍國主義派確切得知郭沫若已潛回中國大陸後，使把富子抓起來，關進了監獄，倒吊起來，用皮鞭抽打。

黑暗的牢房密不透風，污濁悶熱的空氣憋得她暈眩虛脫，口乾舌燥。她低聲叨念：「水，我要喝水！」

「想喝水，好辦，只要你讓孩子加入日本國籍，馬上讓你喝個夠！」警察嚎叫著。

她明白他們的險惡目的——一旦孩子入了日本籍，根據日本憲法都得服兵役，那樣就可以讓他們出征中國與中國人開仗。

「不，我的孩子是中國血統，中國人的骨肉，絕不能讓他們的陰謀得逞！」她心裡下了決心。

「你的孩子入了日本籍，可以得到我們的保護，不然的話，就會受到虐待！」

她白了警察一眼，用舌頭舔了舔乾燥的嘴唇，緊緊咬住牙關，閉上眼睛，任憑他們狂呼亂叫。

「到底入不入日本籍？」

她一聲不吭。又是一陣鞭子抽打。

怕她餓死在獄中，警察給她送來了食物。儘管那是發了霉的米飯，為了孩子，她要頑強地活下去，她大口大口地吞下去了。

十一月十九日，郭沫若收到了東京友人來信，得知富子被關月餘，諸兒時遭無賴欺負，心如刀絞，淚如泉湧。他向駐日大使許世英提出請求，期望設法營救，並准許讓他們回到中國來。日本方面竟聲稱富子未脫離日本籍，且有間諜嫌疑，不能走。

經過一個多月的囚禁，她被釋放了。為了拉拔孩子長大，富子有時替人洗衣，有時到附近的漿糊工場幫工。在之後的日子裡，她含辛茹苦，歷經磨難。

郭沫若回到上海不久，以無黨派人士的身分從事救亡活動。他被推選為上海文化界救亡協會的負責人，創辦《救亡日報》，自任報社社長。在繁忙的社會活動中，朋友們憐他孤身一人，生活沒人照料，以「中日戰爭曠日持久，富子無法到中國」為由，勸他另立家室。

經朋友介紹，郭沫若和于立群結為夫妻。

抗戰結束後，富子風聞郭沫若又娶了一個妻子，就更想團聚了。

一九四八年初，在東京華僑總會幫助下，富子辦理了必要的手續，乘上遠航訓練用的四桅帆船，毅然離開日本，到了香港。

在香港，富子和孩子們找到了闊別十一年的郭沫若，于立群和她的孩子也在場。

郭沫若說了一句：「造成這樣的結果是日本軍閥的罪過。」

隨後的幾天裡，郭沫若、富子、于立群以及他們的孩子們，在難堪的氛圍中度日如年。富子一路上日夜焦慮的尷尬局面，已經切切實實地擺在了面前。她如亂箭穿心，痛不欲生。為了他，她離開了自己的祖國，為了他，她忍受了二十多年的貧窮；為了他，她把五個孩子都撫育成人……

郭沫若的朋友們也覺得這樣下去不是辦法。他們商量了一下，讓馮乃超出面跟富子交談，懇請她本著對郭沫若的深切愛心，面對現實，盡快做出明智的抉擇，結束這三方都痛苦不堪的狀況。心地慈善的富子，經過激烈的內心掙扎，終於以博大的胸懷和一個基督教徒的犧牲精神，犧牲自己的意願，答應跟自己的孩子一起另外擇地定居。

後來，經周恩來安排她住在大連。富子以「郭安娜」的名字加入了中國籍。

狂熱地追求心中的愛

——徐志摩與陸小曼的羅曼史

提起徐志摩與陸小曼的戀愛婚姻關係，人們很自然地就會想起徐志摩和張幼儀、林徽音（一九三五年後改名為林徽因）的關係。故事還是從頭說起吧。

一九一五年金秋的一天，在浙江省海寧縣硤石鎮硤石商會的禮堂裡，從北京大學中途輟學回來的徐志摩與張幼儀舉行了新式婚禮。

新郎徐志摩，出身於浙江海寧縣硤石鎮富商家庭，中學畢業後考進北京大學預科。其父盼孫心切，不惜讓他中途輟學，回家完婚。

新娘張幼儀，出身於江蘇寶山縣（現屬上海市）的名門望族。她一派大家閨秀的風度，楚楚動人。這對婚前從未見過面的夫婦可謂門當戶對，郎才女貌。新婚燕爾，小夫妻沉浸在蜜月的幸福裡。

之後，新郎徐志摩在新娘的鼓勵下又去求學。他先進上海浸信會學院，不滿一年，他又考入天津的

北洋大學法科。不久，北洋大學法科併入北京大學，他又一次成了北大學生。在北大期間，他有幸拜梁啟超為師。在大師門下他結識了許多名人，其中有林徽音的父親林長民，以及後來成了陸小曼第一任丈夫的王賡。

一九一八年，已經有了兒子的徐志摩告別父母、妻子去美國留學。他先入美國克拉克大學，次年九月又進哥倫比亞大學，並獲碩士學位。

本來，父親送他出洋，是要他學習金融，可是徐志摩對財金專業毫無興趣，他放棄了哥倫比亞大學唾手可得的經濟學博士學位之榮譽，而學習政治學。不久，他又忽發奇想，要跟從羅素學哲學。於是一九二〇年秋，他又不遠萬里，來到英國。

在英國倫敦，愛交際、好活動的徐志摩又結識了一大批中外朋友。

光陰似箭，轉眼離家已經兩年半了。徐志摩多麼思念家鄉的親人啊！特別是徐志摩是一個感情極端豐富活躍的人，怎能長久地忍受冷清寂寞的時光？於是一九二〇年底，張幼儀來到徐志摩身邊陪讀。起初，張幼儀在家裡為丈夫料理早晚餐；後來，她也去補習英文、德文去了。

第二年春天，曾是教育總長的林長民到英國講學，並送女兒林徽音念書。是年林徽音十七歲，她是個貌美的才女。徐志摩第一次見到她就怦然心動。

自認識林徽音以來，徐志摩的情緒和行動，都發生了前所未有的變化。對林徽音，他似乎產生了一種近乎崇拜的愛，或者說是一種充滿著愛的崇拜。他無時無刻不思念著她。

他墜入了情網。

徐志摩也想到了張幼儀，儘管幼儀是一個挑不出毛病的好女人，一個典型的賢妻良母，但他不真正愛她。他們之間的結合是由父母兄長之言拍板定局的，只是名分上的夫妻，不是愛情上的夫妻。自從認識了林徽音，徐志摩認為才有了真正的愛情。

徐志摩對林徽音的愛戀，已經發展到熾熱發狂的地步。對於徐志摩狂熱的愛，林徽音也作了相應的回報。然而，她感覺到，在他們面前，橫著一條難以逾越的障礙。

徐志摩為了得到真正的愛情，他和妻子作了一次長談，正式提出了離婚的問題，並致信父母、師長及好友。

暑期將盡，按照預定的計劃，張幼儀動身去德國柏林留學。

經過拉鋸似的幾個回合之後，張幼儀只好答應離婚。但她提出一個條件：必須在第二個孩子生下來之後（此時幼儀已懷孕），正式被確認為徐家的一個成員之後，才能辦理離婚手續。徐志摩只得同意。

幾個月後，徐志摩回國。回來後他受到父親的嚴厲訓斥，父母是不同意徐志摩離婚的。徐志摩的父母特別喜歡兒媳，但離婚既成事實，最後便決定把兒媳認作義女。

離婚之後的徐志摩，可以自由自在地去追尋那個理想伴侶，那個美麗可愛的倩影了。

然而，天有不測風雲。有消息說，林徽音現在成了梁思成的未婚妻。而這位梁思成又恰恰是徐志摩的恩師梁啟超的公子。

這意外的消息，震得徐志摩不知所措，喪魂落魄。難道他孜孜覓求的愛神，那個嬌美如花的少女林徽音真的成了水中月、鏡中花？

由於林徽音父親的干涉，林徽音確實與梁思成訂婚了。失戀的徐志摩痛苦極了，但他沒有失去理智，他畢竟也是一位熱情、厚道、善良、真誠而又寬宏大量的人。他沒有採取不是情人便是仇敵的態度。他和林徽音的情愛，以後都一直沒有忘記。

一九二四年秋，徐志摩任北京大學教授。此時的徐志摩既教書，又忙於編輯出版方面的紛雜事務，還進行創作、翻譯。然而，無論多麼繁重的工作也無法解脫他心頭壓抑著的憂思和哀愁。

但他的這種憂思和哀愁卻被另一位女性化解了。她，就是陸小曼。

陸小曼名眉，祖籍江蘇武進，一九〇三年生於上海。一九〇九年她六歲時，隨母親到北京與剛從日本留學回來的父親一起生活。陸小曼從小受到良好的教育，又由於她天生聰慧，又很用功，所以進步很快，對英、法文，說、寫、讀無不嫻熟流利。她還是個多才多藝的女子，對繪畫、唱歌、京劇和跳舞，尤為擅長。加之她天生麗質、模樣可人，是一個楚楚動人的美女。在北京的大家閨秀中，她是屈指可數的名姝之一。當時，北洋政府的許多機關，常常舉辦交際舞會。特別是離她家很近的外交部，舞會最多，規模最大。陸小曼是這個舞會的中心人物，每次都缺少不了她。在這裡，中外來客都為她優美的舞姿和儀態所傾倒。

一九二〇年，十七歲的陸小曼由父母做主嫁給了比她大八歲的工賡（賡ㄍㄥ）。王賡出身於家道中落的官宦家庭。他曾就讀於清華學校，後留學美國，歸國後任職於外交部，和陸小曼訂婚時，他正執教於北京大學。

陸小曼與王賡談不上什麼情、什麼愛。她是個思想奔放、情感豐富、興趣廣泛、生性好動好玩的女子，與丈夫的性格恰恰相反，格格不入。王賡好靜、好讀、性格內向，書生氣十足，有些木訥寡言；結婚後仍像一個學者，整日伏案，埋頭於書齋之中，而對新婚的漂亮太太，並不分些功夫去溫存、愛撫。可以說，在應付女性方面，他是個十足的外行。不耐寂寞的陸小曼，怎能被家庭籠住躍動的心？她在外面縱情玩樂、盡情享受，丈夫聽之任之，不加管束。特別是不久後，王賡調入軍界，整日忙於軍務，後又晉升為哈爾濱警備司令，告別嬌妻，北上赴職。這時的陸小曼更加自由，更加恣意，整日沉湎於燈紅酒綠之中。

也就是在陸小曼紙醉金迷、輕歌曼舞、渾渾噩噩地混跡於北京社交界的時候，她與徐志摩相識了。他們的初次相識，是在六國飯店的一次舞會上。在柔而暗的燈光下，在低而緩的音樂聲中，徐志摩摟著陸小曼的腰肢，如醉如痴地轉著旋著。本來徐志摩是個舞迷，回國三年來，由於心緒欠佳，舞跳得很少，就是難得跳一次，也只是為了應酬，自己的興致並不高。這次與陸小曼共舞，在「碰恰恰、碰恰恰」的舞曲節奏中，在如行雲流水的音樂旋律中，他陶醉在一種妙不可言的飄飄欲仙狀態之中。好像一根根捆綁在身上的無形繩索，一下子全給解脫了一樣，他感到無限輕鬆舒適和愜意。而陸小曼的舞姿，更是妙得無與倫比，她是徐志摩有生以來遇到的最可心的舞伴。跳著、跳著，他感到陸小曼含情脈脈的

眼光，一直沒有離開他的眼睛；他對視著她，四目交會，如同電光爆血了碧藍的火花。他覺得她的眼睛特別美，好像會說話似的，真有一種攝人心魄的魅力。

由於性情相投，氣質相近，趣味相同，兩人一見如故，就像磁力的吸引一樣，彼此同時都產生了深深的感應力。

他們認識不久，在一次節日遊藝會上一起演出京劇《春香鬧學》。徐志摩飾劇中的老學究，陸小曼扮演丫鬟，兩人珠聯璧合，合作得非常滿意。

從排練到演出，時間雖不長，但兩人種下的情苗，卻迅速生長。至此，他們之間的關係又深了一層，街頭散步、公園幽會，雙雙出入酒吧、舞廳，一起看電影、上館子，真是形影不離，親密無間。外面對二人的行跡頗多議論，但他倆全然不顧，依然故我，而且愈演愈烈。徐志摩完全拜倒在陸小曼的石榴裙下。陸小曼也被徐志摩多情浪漫的氣質和才華橫溢的詩人天分所吸引，大有相見恨晚之憾。四、五年來，那沒有歡樂的婚姻，那缺失愛情的丈夫，那空虛寂寞、沒有溫馨的家庭，幾乎扭曲了她的性格，使她改變了常態，隱沒了真情，沉浮在交際玩樂的囂嘩海洋之中。是徐志摩的出現，使她獲得了愛，獲得了真，獲得了真正的生命。她把他當作真正的知音，她感謝他。她動情地擁抱他，親吻他，喃喃地說：「摩，真感謝你！認識了你，如同在黑暗裡見到了一線光明，我的生命從此轉了一個方向。你的真，使我慚愧死了；從此，我也要走上真的路途。摩，希望你能幫助我！」

兩人墜入愛河而不能自拔。隨著戀情的加深，外面的風言風語也就更多。他們的愛情遭到了猛烈的反對。

陸小曼與徐志摩相愛的消息，很快傳到王賡那裡。他氣急敗壞地從哈爾濱趕回北京，要查個水落時出。回到家裡，在氣憤的火頭上，他拔出手槍，逼著陸小曼講出事情的真相。她嚇得心裡直跳，不知該怎麼回答。過了一會兒，她鎮定下來，毫不諱言地承認，她愛徐志摩。她還坦率地告訴王賡，結婚四、五年來，她從來沒有得到愛，也從來沒有愛過他。聽著，聽著，王賡手中的槍掉在地上，他無力地跌坐在沙發裡……

王賡的回京，把事情弄得僵持不下。誰也沒有妥善的辦法打破這個僵局。為了暫避風頭，清醒一下頭腦，以便使目前「最尷尬最難堪」的僵局得到緩衝和暫時的解決，於是從月初開始，徐志摩就開始了一個長達四個多月的歐洲之行。

臨出發的前夕，即一九二五年三月初，徐志摩給情人陸小曼寫了三封信。當時，王賡仍在北京，徐志摩的行動已受到監視和防範，雙方即使有滿腹的離情別意和千言萬語，也難以找到一個傾訴衷腸的機會。因此，只有透過書信來抒發彼此的一往情深。在徐志摩給陸小曼的信裡，最主要的是，他示意陸小曼應盡快與丈夫王賡離婚，按他的話說，「不能再犧牲下去了」。

北京一別，徐志摩沿西伯利亞一路西行，到達莫斯科。正當他遊興正濃時，突然接到了前妻張幼儀的電報，催他火速趕往柏林，因兒子病重。來到柏林，兒子已經患腦膜炎死去七天了。徐志摩大為悲慟，懊悔不已，他沒有盡到父親的責任啊……

在柏林的幾天，為了驅逐因兒子夭折而帶來的過度悲傷，他陪著張幼儀一起上咖啡館、劇院、音樂廳。（此時，張幼儀被徐父認為義女。令人難以置信的是，徐志摩與張幼儀由夫妻變為兄妹關係後，感情比以前更好，通信更勤，真的如親兄妹一般。）

幾天以後，徐志摩還帶著張幼儀南下到了義大利。

正與陸小曼熱戀中的徐志摩，身子雖到了國外，可是一顆心仍留在國內的陸小曼身上。當對兒子的傷悼一過，他立刻給陸小曼寫信，傾訴對她的相思之苦和不盡的懷念。這些信，寫得很動情，真誠而坦率，有時是聲淚俱下，感人至深。

徐志摩從義大利回到倫敦，從來信中得知，陸小曼因離婚問題與家庭鬧得不可開交，以致心臟病突發，住進協和醫院。他心急如焚，惶惶不安。此時，他日裡夜裡，魂繞夢纏的，只有一個陸小曼。他在給陸小曼的信中寫道：「你的愛，隔著萬里路的靈犀一點，簡直是我的命水，全世界所有的寶貝買不到這一點子不朽的精誠。——我今天要是死了，我是要把你愛我的愛帶了墳裡去，做鬼也可以自傲了！」

七月中旬，陸小曼發來電報，病重催歸。於是，徐志摩急速踏上歸程。

在徐志摩出國遊歐這段時間裡，積存在陸小曼胸中的最大心事，就是離婚。要想離婚，第一個關卡就是家庭，特別是陸母。陸小曼的母親是一個舊式封建婦女，很講究門第、家教和名分。她堅決反對女兒與徐志摩的戀愛，更反對女兒與愛婿王賡離婚。這就與小曼的意願產生了直接的對抗和矛盾。

一次晚宴上，陸小曼與丈夫、母親、母舅等人，因離婚問題發生了激烈爭吵，她氣得當場昏倒在

地，人事不省。等到抬到家裡，已近午夜時分。經過治療，陸小曼才緩緩睜開眼睛。

這場重病，完全是家裡逼出來的。陸小曼為爭取愛情的權利，衝破家庭樊牢，她苦苦地做著艱難的抗爭。

經過大大小小的幾番摩擦、衝突，與王賡的離婚問題不僅沒有任何進展，相反，前途更加渺茫，甚至於絕望，陸小曼在家裡更加孤立，而且健康狀況受到很大的損害，心臟病頻頻發作。

不久，王賡調任五省聯軍總司令孫傳芳手下任參謀長，要把全家搬到南方。母親多次在小曼面前提起去南方之事，都被小曼拒絕。她明確表示，堅決與王賡離婚，不存在去南方的問題。

七月中旬的一天，王賡從南方發來一封信，下令陸的父母即刻把小曼送到南方去，這次如不去，以後就永遠不要去了。口氣嚴厲，筆鋒尖銳，毫無迴旋的餘地。

陸母要陸小曼收拾一下，馬上就走。小曼不從。陸小曼的母親急了，說道：「嫁雞隨雞，嫁狗隨狗，一定得去！」陸小曼不僅不從，並以死抗爭。陸母也不示弱，她也以死相逼。

陸小曼橫下一條心，轉身就走，說：「好，那我這就去死！」

坐在一旁的陸父，忽地站起來，一把拉住小曼，聲音顫抖地說：

「小曼，孩子，你要想開點……你真的要這樣輕易地去死？你不替自己年輕的生命想，難道你不為爹娘想想？唉，你也不是不知道，我和你娘早已年過半百，在這個世界上不知道還能再活幾天。你又沒有兄弟姊妹，你要是死了，讓我們這兩個孤苦伶仃的老頭老太怎麼辦？你忍心嗎？」

說著，他老淚縱橫，泣不成聲。坐在一旁的陸母，本來滿面怒容，聽了老伴這一段感人肺腑的表白，不由得也抽抽答答地哭了起來。陸小曼本來是極愛父母的，孝順而又聽話，今天被爹爹這一番富於天倫的話語所感化，深情地說：

「爹爹，不是女兒想死，我是被逼的……」

「那也不至於死，有話好商量，尋死覓活，何苦來著？你如果不願馬上南去，那就緩些日子。」父親勸道。

小曼說：「他待我不好，我要離婚，我不南去。」

陸母用手帕使勁擤了擤鼻涕，帶著哭聲說：

「小曼，娘求你一次，不要再提離婚這件事了。你給王賡一個機會，讓他改過自新。要是這次去上海，他再待你不好，娘一定出面給你離，娘絕不食言。小曼，這次你無論如何要再聽娘一次，娘求你了……」說著，陸母嗚嗚咽咽地哭起來，哭得好傷心，好酸楚，小曼不禁悲從中來，也跟著哭起來。

小曼終於被父母的眼淚、哀求打動了、軟化了。

再說徐志摩接到陸小曼病危催歸的電報，心急如焚，火速上路，日夜兼程，於一九二五年七月末八月初趕回北京。陸小曼患的是心臟病，發病最凶的是七月中旬，那陣子正是她與母親鬧得最不可開交的時候。可是，說也奇怪，等徐志摩一回到身邊，她的病竟霍然痊癒，一下子恢復了健康。大概這就是人們經常說的，是愛情的力量吧。歸國後的徐志摩與陸小曼又雙雙出現在廠甸、北海、真光劇場等公共場

合，充滿了久別重逢的喜悅和歡樂。

於是，徐志摩與陸小曼的羅曼蒂克史，又拉開了新的帶有戲劇性的一幕。

然而，徐志摩的心緒十分低落，這是因為陸小曼未能與王賡最後離異。根據陸小曼對母親作過的承諾，八月底她必須南下，去上海與王賡會合。對徐志摩來說，這無疑是愁上加愁。到上海後，陸小曼離婚是否有把握，他心裡實在沒底。因此，陸小曼去上海，他也尾隨而至。

其實，在徐志摩與陸小曼相愛的過程中，王賡從來都不是最大的阻力。王賡受到過良好的教育，留美多年，不僅在觀念上深受西方文明的薰染陶冶，而且在生活上也已完全歐美化。在對待婚姻問題上，他是比較開明的。儘管最初聽到妻子與徐志摩戀愛的消息，也震怒過，甚至拔出手槍……，但冷靜下來，經過思考，他認定與妻子在性情、氣質、志趣喜好等方面存在著差異，感情上的鴻溝，是難以填平和逾越的。在他心目中，陸小曼早已是覆水難收了。他七月中旬給妻子的信，實際上就是一個休妻的聲明。他給已經變心的妻子一個自擇的餘地：要嘛南下上海，修好夫妻關係；要嘛就此決裂，永遠分開。這樣做是非常明智的，使他佔了主動。

因此，對於王賡與陸小曼的離婚，主要阻力來自於陸小曼的母親，她仍然希望女兒女婿重歸於好，不要離異。陸小曼也舉棋不定，在丈夫與情人之間，下不了狠心。

徐志摩完全絕望了。痛苦、憂傷、憤懣佔據了他的全部身心。他仰天長嘆，在《愛眉小札》（愛情日記）中寫道：

「咳，真苦極了，現在我立定主意走了，不管了，以後就看你了，眉呀！——這一段公案，到哪一天才判得清？」

九月中旬，徐志摩懷著心靈的極大創痛，一個人絕望地離開上海，隻身北上。

一個多月後，徐志摩正在北京《晨報》的辦公室裡埋頭撰寫著一篇文稿。突然聽到一聲銀鈴似地呼叫：

「志摩，我回來了！」

是小曼！

徐志摩猛地站起來。與此同時，陸小曼已經撲到他的懷裡，他們久久地擁抱，久久地親吻。小曼從他臂膊中掙脫出來，仰臉望著他，深情地說：

「我自由了，我和王賡離婚了！」

原來徐志摩離開上海後，陸小曼繼續努力，在朋友的幫助下，王賡爽快地答應了離婚的要求。小曼的娘縱有一千個、一萬個不願意，但是女婿已經答應離婚，她還能說什麼呢？

真是「柳暗花明又一村」，徐、陸的愛情從低谷走向巔峰，一下子躍入濃得化不開的全新階段。愛的碩果已經成熟，只待擷摘。

一九二六年十月三日，徐志摩與陸小曼舉行了婚禮。婚後，他們自北京而上海、而硖石、而杭州，形影不離，比翼雙飛，一路上遊山玩水，留連風光，真是悠閑自得，其樂融融。

然而，可惜的是這種幸福甜蜜的時光實在太短促易逝了。

因為徐志摩追求的「愛」是一種超越現實的幻想。這種愛只要一接觸到實際，馬上就會碰得頭破血流。

結婚以後，來到上海這個花花世界，陸小曼如魚得水，又一頭栽進奢侈糜爛的豪華生活之中，交際花的本色大大膨脹發展。徐志摩對新婚嬌妻又愛得過分深沉，竭盡全力獲她歡心，一味遷就迎合。

徐志摩的父親由於不滿於徐、陸的婚姻，因此斷絕了對徐志摩的經濟援助。徐志摩為了供奉妻子開銷，他穿梭、奔命於滬寧之間，在上海的光華、東吳、大夏和南京的中央大學等校任教；為了多得一點報酬，還同時在中華、大東等書局兼職。即使這樣拚了命地賺錢，仍然難以填滿陸小曼的欲壑。

徐志摩與陸小曼開始有了裂痕。

有人勸徐志摩乾脆離婚，不然前程不堪設想。

「不，不能離婚，」徐志摩痛苦地搖搖頭，「當初小曼是為我而離開王賡的，我如果提出離婚，那就徹底把她毀了！」

儘管他內心的痛苦已膨脹得快要炸開，但他不能忘情於過去，不能完全丟掉對陸小曼的愛。

光陰荏苒，一九三一年底，為妻子的花銷而奔波的徐志摩途經南京，準備北上。（此時徐志摩已任教於北大，陸小曼不聽丈夫的說服，捨不了上海的糜爛生活，沒有跟徐志摩到北京。）因聽說林徽音和梁思成將在北京協和禮堂，為在京的外國人舉辦中國傳統建築藝術的報告，為了能及時趕到北京聽到最

崇拜的女性作講演，他不顧郵機不准載人的規定，順乘郵機北上。十點半飛機抵濟南上空，遇到大霧，飛機迷失方向，在盤旋中觸撞白馬山，一聲巨響，年僅三十五歲的詩人，就這樣永遠離開了人世。

噩耗傳到家鄉時，徐志摩年邁的父親老淚縱橫。當詩人遺體運抵上海時，撲倒在靈柩前，哭得撕心裂肺的，是兩個哀慟欲絕的女人，她們一個是陸小曼，一個是張幼儀……

在北京的林徽音，得知徐志摩遇難的消息，也毫不掩飾地流下了悲痛的淚水。

徐志摩去了。然而，令人難以置信的是陸小曼卻一改過去的作風。在往後的日子裡，她走上了自新的道路。一九六五年，她病逝於上海華東醫院，時年六十三歲[8]

風流倜儻之人　曲折多姿之愛

——郁達夫與王映霞

中國文學界的才子郁達夫，是一個風流倜儻的文人，他文筆灑脫俊逸，愛情生活也曲折多姿。郁達夫一生結過三次婚，元配夫人孫荃，是一位舊式的封建淑女；第二次結婚的王映霞，是美麗多才的現代知識女性；第三次結婚的何麗有，則是一個極普通而又無知識的女人。其中，他與王映霞的愛情、婚姻生活跌宕多姿，極富戲劇色彩。

郁達夫早年留學日本，返回故鄉期間由母親做主與孫家小姐（即孫荃）訂了婚。三年後，即一九二0年的陰曆六月九日，一乘小轎把一雙小腳的孫家小姐抬到了郁家。郁達夫儘管不滿意這樁婚姻，但出於孝心，也只好順從。婚後生活雖不如意，卻也有過幸福的時刻。

郁達夫與孫荃的婚變始於一九二七年。這一年，郁達夫辭去中山大學的職務，由廣州來到上海。一天，郁達夫去看望同鄉兼留日同學的孫百剛，在孫百剛家偶遇王映霞，他一下子就被她的美麗和光豔所

吸引。就像一個孤獨的夜行者，在黑漆漆的、不辨方向的曠野中彳亍（斥處）而行時，忽而眼前一亮，看到了五彩繽紛的美麗光焰一樣。「在茫茫人海中，我四處尋覓，四處尋覓，卻原來，夢中人竟在這裡！」這樣一個思想，突然在他腦海裡閃過。

王映霞是一位出身名門的閨秀——杭州文人王二南先生的孫女。她是年剛剛二十歲，長得風姿綽約，雍容華貴，是有名的杭州美女。此時她暫居孫百剛家。

經孫百剛介紹，王映霞便知來者是她曾讀過的小說《沉淪》的作者郁達夫，不由產生一種敬意。她仔細打量他：身材並不高大，乍看有一些瀟灑的風度；大概因為過分忙碌而許久未剪的緣故，頭髮留得較長並略向後倒；前額相當開闊，配上一雙細小眼睛，顴骨以下，顯得格外瘦削……

雖然在和孫百剛談著話，郁達夫的眼光卻頻頻向王映霞顧盼。王映霞亭亭的身材，健美的體態，尤其是那一雙水汪汪的眼睛，一張略大而帶有嫵媚曲線的鮮紅嘴唇，給了郁達夫一種輕鬆愉快的印象，就好像在沙漠中看到了一片綠洲一樣。

風明月暖，文人情多。回到寓舍，郁達夫輾轉反側，夜不能寐，王映霞的可愛面容和身影，總是在他眼前晃動著。

一股熊熊的戀火，在郁達夫心中燃起來了。這是他生平第一次真正熱戀著一個女人！他想這一回若把機會放過，此生此世就永遠再不能嘗到這樣一種滋味了。他希望這一回的戀愛能夠成功。他鼓勵自己，「幹下去，放出勇氣來幹下去吧！」

連日來，他幾乎天天都跑去找王映霞女士。

王映霞知道，如果進一步和郁達夫交往，肯定會惹得孫百剛夫婦不高興的；然而要她和郁達夫斷絕來往，更是非她所願。每當郁達夫一封封情意深長的信傳遞到她手中時，不知怎的，她總要立即拆開來看，看完之後又非覆信不可。

他們的關係在發展著。

在一次長談中，郁達夫向王映霞表白說：「我對你完全是一種純而又純粹的、強烈的、永恆的感清，絕不是一時的調情。這一點請你相信我，我是絕不撒謊的。……我從來沒有這樣的真心誠意地愛過人。」一說著說著，他那臉頰上忽然滾下幾顆淚珠。王映霞望著他這副被愛情所煎熬著的苦相，不禁想起她曾經讀過的他的那篇小說《沉淪》來。那一個孤冷得可憐的「他」，此刻彷彿就在她眼前搖晃，而且喋喋不休地在她耳邊宣誓似地訴說道：

「知識我也不要，名譽我也不要，我只要一個能安慰我體諒我的『心』，一副白熱的心腸！從這一副心腸裡生出來的同情！」

她想：這個「他」，是實在足以同情的。我為什麼怕？我為什麼不敢同情呢？如今，給予這同情的似乎只有我了。而且，我也不希望再有另外的人，來與我爭奪這同情的給予……

也就在此時，郁達夫收到了一封家信。

孫荃在信中切盼他回京。（在富陽老家時，由於婆媳不和，郁達夫把孫荃送到北京，寄住在大哥郁

曼陀家裡。）郁達夫讀了信真想大哭一場。孫荃的誠心相待，使他感到萬分痛苦。

郁達夫矛盾極了，想來想去，終覺得自己這一回的愛情是不純潔的。對於孫荃，對於兒女，他是負有不可推諉的責任，他不能置妻兒於不顧。

他時時刻刻忘不了王映霞，也時時刻刻忘不了北京的孫荃和兒女。孫荃是一個弱女子。杜甫〈新婚別〉詩云：「仰視百鳥飛，大小必雙翔。人事多錯迕（音物，交雜意），與君永相望！」一想起她那種孤獨懷遠的悲哀，郁達夫的眼淚就禁不住奪眶而出。

但淚眼矇矓中，出現的卻不是孫荃憔悴悲戚的面容，而是王映霞豐腴的體態和迷人的眼神。

她在向他招手，向他微笑，向他頻送秋波……

他全身的熱血立刻沸騰起來了！那個極端美麗的女人的形象，一步不離地在追迫著他，使他興奮，使他發狂，使他忘記了一切。除了愛她並得到她的愛之外，他別無選擇。

所以，沒過幾天郁達夫又約了王映霞，兩人從早晨九點多鐘談起，直談到晚上。「此心耿耿，對你只有感謝和愉快。若有變更，神人共擊，我可以指天而誓。」郁達夫把自己愛她的心意，再一次向王映霞作了表白，並約她到歐洲去舉行婚禮。

王映霞也激動得很。她軟軟地靠在郁達失身上，輕聲地、一往情深地說道：「我也愛你，至死不變……」

郁達夫盼望能早一天和王映霞結婚。

然而，他又為和孫荃離婚而躊躇。

不久，就發生了「四・一二」政變（一九二七年四月十二日國民黨部分勢力在蔣介石率領下於上海對共產黨的清黨事件）。唯一使郁達夫感到欣慰的，是當此亂世，忽然接到了王映霞從杭州發來的一封封來電，詢問他的安危。郁達夫心裡真是感激得很。他感激王映霞關心他的安危，因為他的母親、兄長、妻子，從來都沒有像她那麼注意過自己。

由於想念王映霞想得心切，郁達夫立即動身赴杭。

在杭州，和王映霞單獨在一起貪戀的時候，是郁達夫最幸福的時刻。

四月中旬的杭州西湖，又是一年四季中美景正妍的時候。坐在理安寺的澗橋上，仰看晴天的碧藍，俯聽淙淙的泉聲，郁達夫和王映霞擁抱著，狂吻著，覺得世界上最快樂、最珍貴的體驗，都在這一刻中獲得了……

一九二八年一月，郁達夫和王映霞在南京路東亞酒樓請了客，正式宣布了結婚。當時郁達夫三十三歲，王映霞二十二歲。

婚後一段時間，他們住在赫德路嘉禾里一幢東洋式的單幢住宅裡。在這裡，他們飽嘗了新婚的樂趣。對郁達夫，王映霞愛其才、憐其人、感其誠，她向他獻出了自己的一切；而郁達夫對王映霞，則先悅其色，復戀其情。這是他們婚姻的基礎。

此間，郁達夫在勤奮著述之餘，常常和王映霞到附近的幾條人行道上散步。一位服裝華麗、風姿綽

約的少婦，身邊跟著一個穿藍布長衫、弱不禁風的瘦男子，過往行人都對他們另眼相看，一邊嘀咕道：

「瞧！哪個公館裡的少奶奶，帶著聽差上街來了……」

這種話偶爾也能刮進郁達夫的耳朵裡。他微微一笑，毫不介意。因為他早就說過「鴉鳳追隨自慚形」。「鴉」能追隨「鳳」，他倒是覺得很滿足、很自豪！

光陰荏苒，時序到了一九三一年，是年二月七日，左聯五位青年作家被當局殺害。郁達夫由於發起組織「中國自由運動大同盟」和「中國左翼作家聯盟」，也在三月間接到了警告，所以不得不離滬去杭州、富陽等地暫避。

孫荃那時早已從北京回富陽居住。名義上，她還是郁達夫的原配大人。俗話說：「一日夫妻百日恩」，夫妻見面，雖各懷心事，但人非草木，豈能無情乎？尤其是郁達夫，他覺得自己實在對不起孫荃，他除了請求孫荃原諒、饒恕之外，還有什麼可說的呢？

孫荃淚眼瑩瑩。但她沒有更多的話，只意味深長地說了八個字：「早知如此，何必當初？」

郁達夫的這次富陽之行，純屬避難性質。然而卻激怒了王映霞。她平日不大關心時事，也不了解郁達夫當時所處的險惡環境。因此她感到委屈：自己的婚姻既未獲得父母的同意，也未獲得朋友的諒解；但自己既已誤踏入了這一條路，總望委曲求全。所以她處處都在容忍，都在包涵，以為郁達夫的一切成功，也就是自己的成功。可是這一切又換來了什麼呢？自己是一個名門出身的千金小姐，卻做了別人的「姨太太」。

她開始感到後悔了。他們之間開始有了裂痕。

郁達夫本是個「多情種子」，他那時而狂風、時而暴雨般的性格，王映霞受不了。她嚮往的愛情是平和而又柔麗的。她喜歡那種女性化的、溫文爾雅的男子。

思想上的差距和性格上的差異，必然會使郁、王之間產生隔閡。

王二南老先生聞訊後從杭州趕來了。他勉強支撐著病弱的身體，和郁達夫作了一次長談。最後，郁達夫寫了一張保證書交給了王二南。王二南擔心郁達夫始亂終棄，打算要為孫女爭得經濟上的權利，為孫女留下一條後路。

郁達夫對王二南是素來敬重的，因為他知道王二南是他和王映霞婚約中僅有的一個應允者、促成者。

為了讓王二南老先生放心，郁達夫說：「我再寫一份版權贈與書給映霞好了。」

這件事情之後，郁達夫對王映霞產生了一個十分壞的印象；他覺得王映霞畢竟是一個未脫盡世俗的女子，把金錢、物質看得比什麼都重。要不，她怎麼會苦苦地向他索要版權，並動用老爺子來對他施加壓力呢？

「一‧二八」的炮火震撼了整個上海。郁達夫與魯迅、茅盾等聯合發表《上海文化界告世界書》，強烈譴責日本帝國主義的侵略行徑。郁達夫還前往暨南大學演講，號召青年學生用文學來作宣傳，喚醒民眾。就在這個時候，王映霞去會見一個她三年不見的女友。外敵當前，國事日非，郁達夫本來就憂心

忡忡，心煩意亂，王映霞此舉令他大動肝火。王映霞並不相讓，說他干涉了她的自由。

此後，兩人還是發生摩擦，有時爭吵不休。

一九三三年四月，郁達夫　家在春雨瀟瀟中移居到杭州的場官弄。

來到杭州，立刻被世俗的環境所包圍。當地官場人士慕郁達夫的文名，多樂於過從，浙江省教育廳長許紹棣就是其中的一個。一九三〇年，許紹棣曾和葉溯中聯名呈請國民黨中央通緝「墮落文人」魯迅，郁達夫當時也受到警告。因此，郁達夫對許紹棣存有戒心。然而王映霞由於任過嘉興二中附小教職的緣故，她視教育廳長為本省教育界的「領袖」，而且，對於像許紹棣這樣十分女性味的男子，她也比較有好感，所以，在對待許紹棣的態度上，他們夫婦從一開始就存在著分歧。

一九三五年冬天，郁達夫經人介紹、應福建省政府主席陳儀之招，赴閩任省府參議、公報室主任。不過私心惻惻，他常常思慕王映霞，有如初戀時期。有時心情沉重，甚而暗含著一種莫名其妙的恐懼。有這樣一個念頭執拗地盤據了他的腦際：

「隻身南下，實就是我毀家的開始麼？」

日本帝國主義者的全面侵華戰爭，給中國人民帶來了極其深重的苦難，也加速了郁達夫家庭的崩毀。

就在這樣一個兵荒馬亂的時候，一九三八年三月初，郁達夫自福州經延平、龍泉來到麗水，和前些時候自杭州經富陽、金華到達麗水的王映霞母子會合，準備全家一起撤至武漢。

在麗水滯留期間，一天下午六時，許紹棣去碧湖，王映霞突然附車同往，次日下午方才歸來。為此事郁達夫和王映霞發生了口角。到達武漢以後，郁、王的矛盾卻有增無減。王映霞總是愁眉苦臉，討恨尋愁，七月四日竟離家出走。

郁達夫肯定地以為王映霞一定是去了浙江許紹棣那裡，所以，第二天他在漢口的《大公報》上，刊登了這樣一則《尋人啟事》：

王映霞女士鑑：

亂世男女離合，本屬常事。汝與某君之關係，及攜去之細軟衣飾現款契據等，都不成問題，唯汝母及小孩等想念甚殷，乞告以住址。

郁達夫謹啟

就在當天晚上，友人曹律師來找郁達夫，告訴他說：

「映霞仍在武昌，就在我家裡。」

「哦——是嗎？」郁達夫幾乎不相信自己的耳朵。同時，一個估計上的錯誤，使得他的臉上微微有些發熱了：「啊，原來她沒去浙江呀？」

於是郁達夫和王映霞又見面了，在曹律師家裡。

「回去吧！」郁達夫把苦丸強咽進肚裡，轉而央求道。

「回去？」王映霞反問了一句，冷笑道：「你不是尋人啟事也登出來了？哼哼，我今天若回家，那你的啟事不是白登了，給報館裡做什麼生意？」

郁達夫在曹律師家整整挨了一天，王映霞並不是幾句話就能說得轉來的女人。

第二天談判繼續進行。

王映霞要求郁達夫登一則道歉啟事，否則，絕不回去！

郁達夫沉吟片刻，答應了。他剛取出筆來，要在紙上草擬一則道歉啟事，王映霞一下子從郁達夫手中奪過筆來：「稿子由我寫好了，你只管拿去登在報上就是。」

說罷，她很快寫了一則《道歉啟事》給郁達夫。啟事是這樣寫的：

達夫前以神經失常，語言不合，致逼走妻王映霞女士，並登找尋啟事，誣指與某君關係，及攜帶細軟等等。事後尋思，復經朋友解說，始知全出於誤會。茲特登報聲明，並深致歉意。

郁達夫

啟

郁達夫細細玩味著這則啟事的含意，不禁暗暗佩服起王映霞斟字酌句的功夫來。「語言不合」，夫妻爭吵那全是因為郁達夫「神經失常」的緣故！特別是用了「逼走」、「誣指」兩個措詞，簡直把郁達夫的面目描畫得猙獰可怕，王映霞自己倒脫了個乾乾淨淨。這則啟事一登出來，對郁達夫自然是很不利了，但由於盼望王映霞回家的心情十分迫切，所以也就顧不得這些了。

兩則啟事一登，郁達夫和王映霞的家庭矛盾在社會上就完全公開了。這件事竟成了轟動武漢三鎮的重要新聞。一連好幾天，除了「保衛大武漢」、轟炸、疏散、高溫之外，人們又多了一個議論紛紛猜測的話題：郁、王家庭糾葛。這多少帶有一點「桃色新聞」的意味。

經過許多朋友的規勸和調解，郁達夫和王映霞進行過一番懺悔和深談，重新又訂下了「讓過去埋入墳墓，再重來一次靈魂與靈魂的新婚」的誓約。並協議如下：

協議書

達夫、映霞因過去各有錯誤，因而時時發生衝突，致家庭生活，苦如地獄，旁人得乘虛生事，幾至離異。現經友人之調解與指示，兩人各自之反省與覺悟，擬將從前夫婦間之障礙與原因，一律掃盡，今後絕對不提。兩人各守本分，各盡夫與妻之至善，以期恢復初結合時之圓滿生活。

夫妻間即有臨時誤解，亦當以互讓與規勸之態度，開誠布公，勉求諒解。幾在今日以前之任何錯誤情事，及證據物件，能引起夫妻間感情之劣緒者，概置勿問。誠恐口說無憑，因共同立此協議書兩紙，為日後之證。民國二十七年七月九日。

立協議書人　　夫　郁達夫

　　　　　　　妻　王映霞

見證人　　周企虞

　　　　　胡健中

破境雖已重圓，但畢竟留下了裂痕。於是，他決心出國，遠走星洲，為動員更多僑胞支援抗日戰爭，為保衛祖國的神聖事業貢獻力量。他風塵僕僕，先後赴南洋作愛國宣傳，募集捐款，為抗日戰爭盡力。

一九三八年十二月，郁達夫偕同王映霞及兒子遠赴新加坡，擔任《星洲日報》副刊《晨星》的主編。王映霞則編輯《星洲日報》的婦女版。他們雖同赴宴會，同遊馬六甲和檳榔嶼，但平日在家卻啞口無言。

其為甚者，郁達夫從自己一九三六年到一九三八年間的詩詞中，選出詩十九首和詞一闋，加注編成《毀家詩記》，寄給了香港《大風旬刊》的編者陸丹林。《大風旬刊》周年特大號上把《毀家詩記》發表了出來。這組詩詞毫無保留地暴露了郁、王婚變的內幕，同時公開了妻子王映霞的所謂「紅杏出牆」的豔事。這一組詩詞發表以後，轟動了國內外，以至這期《大風旬刊》加印了四版。

對於丈夫的這一行為，王映霞自然是不能容忍的。她先後寫了兩封信以及〈一封長信的開始〉、〈請看事實〉二文寄給《大風旬刊》發表。他們在筆墨上相互攻擊，在生活中時起勃谿，雖經朋友多方調解周旋，但已無法恢復過去的愛情。於是協議離婚，並各在報上自登啟事宣布於眾。不久，王映霞啟程返國，郁達夫在南天酒樓餞別。席上作詩云：

> 自剔銀燈照酒卮，旗亭風月惹相思。
> 忍拋白首名山約，來譜黃衫小玉詞。

南國固多紅豆子，沈園差似習家池。

山公大醉高陽日，可是傷春為柳枝？

王映霞上船回國時，郁達夫久久地佇立在窗前，兩眼凝望著遠處波浪翻湧的海面。王映霞乘坐的輪船就停靠在碼頭邊上，巨大的煙囪裡已經在冒著濃煙。

「嗚——」幾聲汽笛聲傳來。船啟航了，郁達夫心裡忽地往下一沉。他知道王映霞從此離他而去了……

步入愛的春天

——徐悲鴻與廖靜文的情愛

徐悲鴻是我國現代傑出的畫家，卓越的美術教育家。他繼承了中國民族繪畫的現實主義傳統，並吸取西洋古典繪畫中的現實主義創作方法和技巧形成了自己獨特的藝術風格。他的作品大多表現了熱愛祖國、同情人民的傾向。他以現實主義的創作方法和對藝術大才的無比熱愛和關心，悉心培養了大批學生，使他們成為一代中國年輕美術家。然而，在個人情感方面，他卻經過漫長痛苦的掙扎，才步入了愛的春天。

徐悲鴻十七歲時，由父母包辦訂了親。當時父親患了重病，十分孝順的徐悲鴻不使違抗父親的意願，被迫同意了。妻是鄰村一個貧寒的農家姑娘，由於先天不足，體弱多病。婚後生一子，在徐悲鴻第二次去上海後不久，妻不幸病亡，其子也夭折。那時，經人介紹，他結識了在上海大同學院教書的蔣梅笙先生。蔣氏夫婦見到才華出眾、外貌英俊的徐悲鴻十分喜歡，而喜歡之餘又有一種遺憾，因為他們的

兩個女兒，大女兒已經出嫁，次女蔣碧薇在十三歲時便許配給蘇州查家，如果他們再有一個女兒就好了。

十九歲的蔣碧薇認識了徐悲鴻之後，常常不由自主地在心裡將在蘇州讀中學的未婚夫——一個家境衰微的宦家子弟——與徐悲鴻相比，自覺二人有天壤之別。她漸漸被徐悲鴻所吸引，並偷偷地愛上了他。

在那還被舊禮教統治著的社會和家庭中，解除婚約是不可能的，唯一抗爭的方法是私奔。徐悲鴻面對這樣一位熱愛自己，並且如此大膽地反抗封建包辦婚姻的美麗姑娘，感到她有一種強烈的魅力，也覺察到自己的責任，他那顆被深深打動的心開始沉浸在對美好生活的嚮往之中。在查家即將迎娶蔣碧薇的頭一年，徐悲鴻辦好兩人的護照。一九一七年五月，這對熱戀中的情人，從上海登上駛往日本的海輪，開始了同居生活。

那時在二十三歲的徐悲鴻眼中蔣碧薇是那麼溫柔而又勇敢，她勇敢地反抗包辦婚姻，和他私奔，這確實需要勇氣和決心。徐悲鴻被這份情深深地打動了。但他們對愛情、婚姻生活都缺少深刻的了解，在共同的生活中，兩人的矛盾日趨尖銳起來。蔣碧薇開始干預他的工作、他的創作。起初徐悲鴻隱忍著盡量避免爭吵，但矛盾最終還是激化了。

一九三一年，困難深重的一年。面對國破家亡的慘狀，面對嚴酷的社會現實，徐悲鴻義憤填膺，他不再安於一般的教學和創作，他要為人民控訴，為國家呼籲。他懷著強烈的不滿，開始構思巨幅油畫

《徯我后》。《徯我后》取材於《書經》，描寫的是夏桀暴虐，商湯帶兵討伐暴君，受苦的老百姓盼望大軍來解救他們，紛紛地說：「徯予后，后來其蘇。」（意謂：等待我們賢明的君主，明君來了，我們就得救了。）畫面描繪了一群窮苦的老百姓翹首瞭望遠方，大地乾裂了，瘦弱的耕牛在啃著樹根，人們的眼睛裡燃燒著焦灼的期待。這部作品表達了徐悲鴻對國民黨政府反動統治的深刻痛恨，對苦難人民的深厚感情。

就在這時，中統特務頭目張道藩那隻污穢的手伸了過來。在張道藩的「關照」下，徐與蔣有了一次極其不愉快的爭吵，從此蔣碧薇離開了徐悲鴻，成了張道藩的情婦。徐悲鴻於一九三六年被迫去了桂林，孤單地住在中央大學集體宿舍。但這分居沒有給徐悲鴻帶來寧靜，在往後的生活中，在張道藩指使下，蔣碧薇不斷地在精神上殘酷地折磨著徐悲鴻。

一九四二年年底，中國美術學院籌備處在桂林招考圖書管理員。經過嚴格篩選，廖靜文女士入選。不久，廖便隨同徐悲鴻去七星岩岩洞清理藏書，於是一個豐富多彩的廣闊藝術世界展現在她的面前。而書的主人對這些財富的珍重，又使她認識到他是一位真正的藝術家。清理完圖書，他們去了陽朔。當時，從桂林去陽朔，水路行舟需要一天半，他們於是帶著行李上了一條帶篷的小木船。對廖女士而言，她一生中曾有過的美妙回憶，就是從去陽朔的小船上開始的。

藍湛湛的天空上，光芒四射的陽光在歡笑著灑向大地，流水也輕輕地唱著歌，兩岸數不盡的峰巒輕快地向後閃過去。這時，一個人受到自然美景的強烈感染，唱起了舒曼的《夢幻曲》。歌聲像長了翅膀

在輕輕飛翔。徐悲鴻先生的面容也顯得光亮了，那原本帶些憂鬱的眼光變得快活起來，他站在船首，馳目騁懷，彷彿要將這祖國美麗的河山都畫在他心上似的。這時，廖靜文的同學掏出一本紀念冊，遞到徐悲鴻先生面前，請他畫張小畫留念。徐悲鴻先生接過紀念冊，思索了一會兒，便用流利而輕柔的線條，為廖靜文畫了一幅速寫像。廖靜文驚異地發現，自己的眼中竟也和許多少女的眼睛一樣光輝和明亮，那裡面看不見一絲未來生活中的暗影。

廖靜文的工作是將徐悲鴻先生的書籍編成目錄，製成卡片，空閑時間去看徐悲鴻先生作畫，有時也替他研墨、鋪紙，當他的助手。不久，他將去重慶舉辦畫展，除了作畫，還忙於許多瑣碎的事務工作。工作之餘，他們經常在一起談論繪畫和書法知識。在這共同的生活歷程中，兩人的感情日益靠近，尤其是廖靜文得了一場疾病之後，兩人走得更近了。

廖靜文得了瘧疾，她變得蒼白而又虛弱。為了減少她的寂寞，徐悲鴻常常抽空到她的床前，為她講述各種故事和各種見聞，這減少了廖靜文的痛苦。不知不覺中，她盼望他來，只要聽到他急促上樓的腳步聲，她的心便會歡快地跳動。而每當她預期他該來而沒有來時，她便會由失望變得煩躁不安……

廖靜文的體力開始復原，漸漸能出門散步了。一天晚飯後，二人走到嘉陵江畔，晚霞照亮了天空，奔流的江面上跳動著閃閃耀眼的金光。舉目眺望這瑰麗無比的晚霞，感到大自然無限美好，廖靜文心中也充滿了柔情：「先生，我怎樣來感謝您的愛護和關懷呢？我將永遠像您的學生那樣尊敬您。」

徐悲鴻的臉上掠過一絲微笑：「不要說感激我，如果要說感謝的話，我應當感謝你。你為我做了許

多事。」他頓了頓又說：「你的心地善良，你的感情樸實無華。我受到很深的感動。」「先生，我願在您身邊，盡力做我能做的一切。」廖靜文的話使徐悲鴻變得激動了。「靜，」他親切地叫道，「這些天來，我有一種奇怪的感覺，彷彿冥冥中，有人將你送到我面前，我是如此依戀你了，你似乎變成了我生命中的一部分。」

「先生，我也情不自禁地依戀著您了，您在我心中打開了一個新奇的感情世界，但是，但是……」廖靜文說不下去了，畢竟兩人有二十八歲的年齡差距呀。

感情往往是出人意料的。在個人感情方面，徐悲鴻壓抑多年卻在這時面對廖靜文傾倒了出來。「靜，你生活在我身邊，彷彿是在努力醫治我心靈的創傷，使我感到如此愉快。我看到一個淳樸的女性形象，重新燃起了渴望愛情和家庭的欲望。但我絕不強求你，你做你願意做的一切吧！」徐悲鴻深沉地目光裡隱藏著一絲淡淡的遺憾。

愛情的羽翼就是這樣不知不覺地在他們身邊搧動，但它帶給他們的並不是幸福和快樂，而是無盡的焦慮、徬徨和痛苦，他們都在作著強烈的心裡掙扎。他們不再去江畔散步，也很少交談了。

不久，徐悲鴻個人畫展在重慶正式揭幕。廖靜文和徐悲鴻異常忙碌起來，他們的全副身心都被工作吸引住了，他們重新感受到愉快和幸福。畫展期間，有一件最令廖靜文難忘的事是蔣碧薇的來訪。當時四十四歲的蔣碧薇穿一件貼身旗袍，身材修長而豐滿，臉上敷著濃厚的脂粉，彷彿是剛剛下台還未卸妝的演員。閃亮的齊眉黑髮有如童髮似地密密地覆蓋著前額，兩鬢各梳一個圓形的大髮髻，懸在耳畔。這

種打扮在中年婦女中是少有的。

她和徐悲鴻像老朋友一樣地交談著，在廖靜文看來，他們是有可能和解的。畫展結束後，蔣碧薇立刻索要子女撫養費，廖靜文這才惋惜地意識到他們之間的矛盾是不可調和的。徐悲鴻向廖靜文請求，要她留在自己身邊，因為只有和她在一起，他才感到生活的溫暖，工作的力量。「讓我們馬上結婚吧，靜，和一個比你大二十八歲的人結婚，靜，你願意嗎？」他的聲音不無快樂和興奮。

「願意，先生，我已一步步跨越了年齡距離的障礙，勇敢地走到您面前，願為您和您的工作奉獻我的一生。」

這是暮春溫暖的夜晚，月白風清，嘉陵江江水輕輕地愉快地閃爍著，大自然也呈現著一片柔情。

然而幸福並沒有就此降臨。當廖靜文回到宿舍之時，她意外地看到兩封信：一封是她父親的，另一封是她姊姊的。在信中他們都譴責她和徐悲鴻的關係。原來蔣碧薇曾寫信給他們，聲稱她仍為徐悲鴻的合法妻子，她指責廖靜文破壞她的家庭。委屈、憤怒湧上心頭，廖靜文如同受了雷擊倒在床上不能動彈。她多麼希望有一個人像她一樣愛著徐悲鴻，並且尊敬他、關心他啊！然而由於家庭的堅決反對，她必須離開他，走她自己的路。雖然她知道徐悲鴻與蔣碧薇當初沒有經過法定的結婚手續，儘管有了兩個孩子也只是同居關係，當這種關係斷絕後，雙方便不再受法律約束，然而她不能讓親人們為她負載，她決定投考金陵女子文理學院。

當她像小鳥展翅飛向廣闊天空——到金陵女大報到入學時，萬千牽情不覺裊裊升起，她是以最大的

勇氣和毅力從徐悲鴻身邊飛走的呀！她忘不了徐悲鴻的話，「我們的國家還在災難中，老百姓仍輾轉於溝壑，要立志對國家和社會做貢獻。」她開始了生氣勃勃的學生生活，置身於春天般快活的年輕姑娘之中。但是她時時懷念徐悲鴻，她從沒有如此心焦地盼望星期天的到來。因為只有星期天她才能和徐悲鴻見面。每次去見他時，她的心中便會有一種說不出的歡快興奮，腳步輕捷而又迅速。而徐悲鴻也為她沒有離開他而慶幸。但是，當廖靜文看到徐悲鴻瘦削而又疲乏的神情之時，忍不住又勸道：「先生，您不能總是一個人，身邊無人照顧，您還是應該趕快找一位合適的伴侶。」

「靜，感情這個東西就是如此神奇，有時，我畫得疲倦了，停下來休息的時候，我便恍如聽見你學校下課的鐘聲，很想立刻見到你，但我不能去打攪你。」

「先生，您沒有回答我剛才所說的話，您不能總是壓抑自己的感情，必須有一個人照顧您的生活。」

「靜，如果我眼中還有你的影子，我怎能去愛別人呢？而且你的感情是如此真摯、深沉、純樸，在你之前，我從未感受過，這或許是世間少有的。我寧願等待你四年，如果四年以後，你在金陵女大畢業時愛上了別人，我也將毫無怨言。」

「先生您已四十八歲了，再等待四年，便是五十多歲的人了，您不能再等待我！只要您有了愛人，我會默默地從您身邊走開，把我的位置給她。」

「靜，愛情之所以可貴，是因為它不可替代。如果現在有位仙女下凡，她將人間的美貌、德性、智

慧集於一身，也不能替代你所給予我的幸福。」

廖靜文的眼淚終於流了下來。

由於廖靜文進了大學，她的父親不再來信責備她了。她可以和徐悲鴻品味相見的歡樂，她的心可以自由地暢飲愛情的雨露了。

幸福的日子終於到來了，徐悲鴻與廖靜文終於在貴陽正式舉行了訂婚儀式。按當時的習慣，他們在報上登了一則啟事：

徐悲鴻與廖靜文在筑（貴陽市簡稱）定婚，敬告親友。

在這之前，徐悲鴻還在報上刊登了一則聲明：

悲鴻與蔣碧薇女士因意志不合，斷絕同居關係，已歷八年，中經親友調解，蔣女士堅持己見，破鏡已難重圓。此後悲鴻一切與蔣女士毫不相涉，茲恐社會未盡深知，特此聲明。

張道藩是不會讓這對戀人幸福地走上婚約之路的。他在兩人的一次別離中扣壓了兩人來往的信件與電報，甚至還將廖靜文的信拿到他所轄的中國文藝社去宣讀；蔣碧薇也在他的指使下忽然向徐悲鴻提出要辦理離婚手續，藉機向徐悲鴻索取現款一百萬、古畫四十幅、徐悲鴻的作品一百幅，作為她今後的生活費；另外，還須將每月收入的一半交給她作為兒女的撫養費。徐悲鴻不能忘懷和蔣碧薇最初的愛情和在異地的那段艱苦的生活，他竭盡所能滿足她的願望。

一九四五年八月十四日，抗日戰爭勝利了，舉國上下一片歡騰。徐悲鴻與廖靜文也有著無比的快

樂，噩夢般的日子終於過去了。

這時候，國民黨政府許多接收大員紛紛飛赴南京、上海等城市去接管敵人佔領的城市和財產，法幣變為堅挺的貨幣。蔣碧薇女士又重新提出辦理離婚一事，並說原先付她的二十萬元她已花完，她要徐悲鴻再付她一百萬元和一百幅畫，原已付的五十幅不包括在內，且提出每月付給兒女撫養費每人兩萬元。經人調解、磋商，由沈鈞儒作證，雙方終於在離婚協議上簽了字。徐悲鴻除了付給蔣碧薇一百萬元和一百幅國畫以外，他還將一幅油畫《琴課》帶去送給她，那描繪的是蔣碧薇在巴黎練習小提琴。蔣碧薇曾對徐悲鴻說過她喜歡這幅畫像。至此，這個不幸的家庭悲劇終於拉上了最後的帷幕。

不久，徐悲鴻與廖靜文在重慶舉行了婚禮。徐悲鴻的學生們送來了許多鮮花、花籃，那美麗的五彩繽紛鮮花給婚禮又平添了幾分色彩。

經歷了無數的挫折、痛苦和災難之後，他們的命運真正地結合在一起了。

萍水相逢 一見鍾情

——梁實秋與韓菁清的忘年戀

在台灣，梁實秋素有文壇元老、大師以至「國寶級作家」的美譽。在大陸，梁實秋也是名人：老年人從當年「新月派」作品中熟悉了他的大名；中年人則是在魯迅與毛澤東的著作中知道他的名字，新一代年輕人則是從大陸翻版的《遠東英漢大辭典》中知道「主編梁實秋」的。

他是地道的北京人，早年曾留學美國，生命的大部分時間是在美國和台灣度過的。淵源家學給予他深厚的中國古文底子，留美生涯又使他精熟於西方文學。難怪這位學貫中西的作家說自己「古典頭腦，浪漫心腸」。古典與浪漫的組合反映在他的感情生活中是：真誠執著。《槐園夢憶》與〈清秋瑣記〉是他一生感情生活的記載：

纏綿哀切的《槐園夢憶》寄託著他對先他而去的亡妻程季淑的全部思念與愛憐。〈清秋瑣記〉是他對續弦韓菁清的全部情感的流露。他把自己對所愛道出「清秋卿卿」高雅情誼的

之人的全部情思入詩入畫，以慰情思。

這不是簡單的作品，而實在是梁實秋一生愛的頌歌，寫意出他平凡高雅、深情無悔的愛情故事。

一九七三年四月三十日是梁實秋永生不能忘懷的日子，因為就在這一天，他的結髮妻子遭到意外一擊，永遠地離他而去了，時值二人即將實現「金婚計劃」之時。老妻愴然離世，梁實秋心境淒冷。西雅圖「單身監獄」的生活更加深了他對妻子的懷念，他一次次地去槐園——那是他的愛妻亡故之後的住處啊！——去那兒看望與他同甘共苦五十年的老妻。思念濃濃烈烈，終於織就感人肺腑的《槐園夢憶》。他將這作品航寄至台北遠東圖書公司——這家公司與他有深厚的友誼，他主編的《遠東英漢字典》、《遠東英漢大辭典》等都是這家公司出版的——這家公司一接到這書稿，當即做急件發排。發行後，這本記載著梁實秋與程季淑五十年比翼情的新著，立時成了台灣的暢銷書。書中那濃濃的細膩的感情打動了千千萬萬讀者的心。讀者們紛紛讚嘆梁實秋對愛情的忠貞，對亡妻的深情。在讀者心目中，他的形象變得十分高大；不僅博學中西，而且人品高尚。因為愛情的玫瑰園中最美的花只有心靈純潔的人才能摘取。

誰都以為梁實秋大約是從一而終了。

人的感情是微妙的，有時甚至是難測的，就在人們為梁實秋忠貞不渝的愛情而感慨萬千之時，梁實秋卻在台灣意外地遇到了韓菁清。如果沒有那次台灣之行，就不會有那意外的相逢；如果沒有那意外的相逢，就不會上演一幕「忘年戀」；更不會在新聞界引起軒然大波。如果沒有如果，這一切都只能是絕

對生動的真實。

韓菁清，十四歲時在上海榮登「歌星皇后」寶座，在香港是影視圈的「一代歌后」，在台灣成為紅極一時的歌星。她常常出現在台灣電視螢光幕上，梁實秋最初便是從電視中「結識」她的。梁實秋從螢光幕上看過她唱《傳奇的戀愛》，當時，梁實秋的身邊正坐著他的妻子程季淑。他一點也沒想到，後來這位螢光幕上的歌星會跟他發生「傳奇的戀愛」。

一九七三年十一月二十七日，不論對於梁實秋還是韓菁清都是歷史性的一天。韓菁清在這一天隨其義父謝仁釗去了遠東圖書公司，隨後去拜訪梁教授，同時遇到美國教授大衛。大衛教授也是研究政治的，跟謝教授有著共同的話題，他們越談越投機，而將梁實秋和韓菁清晾在一邊。梁實秋和韓菁清二人自由地談起話來。交談使梁教授感到吃驚，因為在台灣的歌星影星之中，難得會有一位懂古文的人物，而韓菁清不僅名字取自《詩經》（語出『其葉菁菁』，後因取「菁菁」為藝名者有好幾人，故又改為「菁清」），而且能背誦《孟子》，談及李清照、李商隱、李白、杜甫，她居然也都能說得上。梁實秋不由然像父親一樣由衷感嘆：「你這樣喜歡文學的女孩子，當初如果長在我家裡，那有多好！」兩人越談越起勁，他和她都發覺彼此竟有那麼多共同的話題。

而韓菁清不得不告辭了，她是當時台灣電視台第十二期編導研究班的班長，她應該早去不能遲到。梁實秋執意要送韓去電視台。作為答謝，韓在電視台餐廳內請他吃了晚飯。食畢，二人匆匆道別。那難忘的不平常的日子在濃重如黛的夜色中拉上了大幕，這一天成了梁實秋晚年生活的轉折點，也

成了韓菁清人生道路上劃時代的一天。

那一夜梁實秋輾轉反側，沒有睡好。翌日清晨，他未吃早飯便走出大廈。他不像散步卻像趕路，按照韓留下的地址找到那幢樓，然而七樓的窗簾一直緊閉著。梁實秋在樓下慢慢地踱著，不時望望七樓緊閉的窗扉。他細細地回味昨日與韓菁清偶然的邂逅，連他自己也不清楚為何對這位小姐有一見如故的感覺。

韓小姐睡得踏踏實實。在她的印象中，梁教授是一位熱情的長者，昨日的相逢，她一直視他為父輩。

下午二時，七樓的窗簾才忽地拉開。梁實秋的來訪，使她感到驚喜。她和他在漫無際涯的長聊中變得越來越熟悉、越來越接近。她和他，發覺彼此有著許多共同的話題。

了解是感情的基礎，共同的志趣架起了感情的橋梁。

忘年交漸漸向忘年戀轉移。

夜十時，韓菁清下課。梁實秋一身西裝站在台灣電視台大門口等她：他為她延遲了睡眠。

午後二時，當韓菁清醒來，打開窗簾，便又見到梁實秋在樓下仰望了。

感情的渠水在奔騰。韓菁清喜歡梁實秋，但她不能不考慮他的年齡，理智的閘門使她下決心關閉那日漸洶湧的感情之堤。思忖再三，當面不好說，便訴諸文字。她在信中列出了一大堆缺點，勸他「趁早認識她的為人」，藉此表明她願與他結成忘年之交，但不能結成忘年之戀。而這有如冷水的信，澆不

滅教授愛戀的火，第二天下午二時，當她醒來時，掀開窗簾，發覺教授已在樓前靜立了。他看到窗簾拉開，便上樓來，進了門將一封沒貼郵票的信交給她——那是教授寫給她的第一封信，寫於他倆相識的第六天早上。信中他明確表示他們「還有漫長的路要走，希望我們能相互扶持」，和盤托出了自己心中的意思，這連他自己都覺得意外：「我以為這是奇蹟。」而韓菁清也意識到感情的渠水已無法關閘……

七十一歲的梁實秋彷彿回到了青春歲月。當年二十歲的他留學美國，每隔兩三天要給程季淑寫一封信，那時他和她隔著浩淼無際的太平洋；如今他跟韓小姐天天見面，卻一樣情書頻頻。他是一個情感異常豐富而細膩的人，他以為有的話用嘴說出來遠不如用筆寫出來那麼富有韻味，他畢竟是作家，擅長以筆表露心聲。在天天見面的情況下，在短短的兩個月裡給韓菁清寫了九十多封情書，他的情書是感情的自然流露，不矯揉造作，不虛情假意。他的情書不用郵寄，總是當面遞送，或者塞進韓菁清的門隙。就在他們相識的第九天，他已經將他和她未來的關係說得再明確不過了。在他看來，韓菁清「已經全部屬於我了」。

韓菁清雖不介意「教授」有過一次婚姻，雖然知道「教授」對她一往情深，雖然也明白自己與教授感情相投，但她不能不考慮教授的年齡。教授已是「人生七十古來稀」了：走路，腳底板已在地上拖了；他的聽覺已經遲鈍，戴著助聽器跟她談戀愛，他還能活多久？即使能活到八十大壽，屈指算來，也只有九個春秋罷了。更何況他有那麼嚴重的糖尿病。愛情不只是春天的花朵，夏夜的明月，也還有秋雨的泥濘，冬日的風雪，她必須掂量、權衡這一切——畢竟是終身大事啊！

愁腸百轉擾人心，憂思如草雨中生。坐在梳妝台前，她心亂如麻，無意間用眼彩筆信手在鏡上寫了一行字：世上沒有真愛。梁實秋見了這幾行字，心中明白了幾分。唉，青春難駐，歲月不返，他有什麼辦法使自己年輕？他在情書中寫道：

你說是懸崖勒馬還來得及，在時間上當然來得及，可是在感情上是來不及了。不要說是懸崖，就是火山口，我們也只好擁抱著跳下去。你說是麼，親親（他把「菁清」稱為「親親」了）？

……你在鏡子上寫的字……至少先擦掉下句的第三個字，擦掉後改為「已」字，或改為「果」字亦可。（即改為：「世上已有真愛」或「世上果有真愛」。）

梁實秋的這封信已明確表明無法「懸崖勒馬」了，這使搖擺中的她心中的天平又傾向於梁實秋了。二人陷入熱戀之中，但梁實秋不得不返回美國，離別泊在眉睫成了他的一塊心病。韓菁清為了安慰他，送他領帶，送他手錶，而梁實秋希望得到她的定情之物——韓的戒指，韓也同意了。戴著韓菁清送的手錶和戒指，梁實秋自比「浴火中的鳳凰」。他要「把以往燒成灰，重新開始新的生活。」

「悲莫悲兮生別離」，梁實秋戴著韓小姐饋贈的碧玉戒指飛往美國。韓菁清思緒萬千，她將離情訴諸於筆：

秋，你走了，好像台北的人都跟著你走了。我的家是一個空虛的家，這個城市也好冷落！

……

親人，想不到我出生至今，才在台北的字典裡、書店裡、莎士比亞戲劇集裡找到你，我唯一的親人

啊！我願意與你廝守一世、二世、三世……八百世……永遠永遠。……我絕不會令你失望，因為你的失望，就是我的失敗！……

你的小親

親

梁實秋一路心事重重。在信中他寫道：

社會上一般人捧我，說我這個說我那個。我有自知之明，我只有一腔情愛，除此之外，我根本等於零。如今我把所有的愛都奉獻給你，你接受了，而且回贈我同樣深摯的愛——人生到此，復有何求！

然而「東飛」的教授萬沒有想到，一場猛烈的暴風雨——新聞風波在台灣刮起，繼而香港報紙也迅速作出反應。韓、梁之戀招惹起一番風雨，兩人在台灣與美國同樣都承受著輿論的壓力。總之，一切以封建腦袋瓜思索的人，以勢利眼看人的，以長舌之嘴議論的，以灌滿污水之筆造謠生事的，鬧得滿城風雨。韓、梁之戀面臨著嚴峻的考驗。

處於風暴之中的梁實秋一派「大將風度」。他的新著《槐園夢憶》的讀者正沉浸在梁對亡妻的綿綿懷念之中，忽聞梁實秋已有新歡，不由得罵罵咧咧起來，說他寫的盡是虛情假意。他在給韓的千言情書中寫了他的戀愛觀，如他所言：「我不是在追求特別護士，我是在愛情中。」他態度堅決：他對她的愛是「無條件的、永遠的、無保留的、不惜任何代價的」。

韓菁清的神經在這場風波中變得益發堅強起來。誰想跟梁實秋的相愛會鬧出一番新聞風波？原本只

是兩人正常的戀愛，卻偏又那麼多好事者說長道短，在極力掀風作浪。

知遇情深。在韓、梁相戀風波最盛之際，梁實秋訂好機票，決定從美國飛回台北——此行為的是與韓正式舉行婚禮，以使這場風波早日平息。

一九七五年五月九日——「母親節」那天，〈結婚進行曲〉終於響起來了。婚禮上最活躍的人物，居然是七十二歲的新郎！他自兼司儀，站在「喜」字前宣布婚禮開始，然後又自讀結婚證書……他風趣的「演出」，引得賓客們連連大笑，都說新郎有顆年輕的心。

新郎致詞的時候，笑容可掬：

「謝謝各位的光臨，謝謝各位對我和韓小姐婚姻的關心。

「我們兩個人同中有異，異中有同。最大的異是年齡相差很大，但是我們有更多相同的地方：相同的興趣，相同的話題，相同的感情。我相信我們的婚姻是會幸福的、美滿的。再次謝謝各位！」

韓、梁婚禮把那些反對派們的冷言惡語壓了下去。不過，也有人像預言家一般預卜這一婚姻的未來：「短則三天，長則三月，必定勞燕分飛！」甚至還有人下了賭注，賭他們的婚姻能維持幾天。

韓、梁之婚果真「東飛伯勞西飛燕」嗎？

韓、梁婚後生活非常融洽。「教授」笑著對友人說：「別人結婚後度蜜月，我和菁清度的是『蜜年』！」的確，韓菁清的出現確使梁實秋的外貌變得年輕，心靈變得年輕，文筆也變得年輕，他的晚年，在舒暢的心境中進入一生中的寫作高峰。他和她，常常是相輔相成，取長補短。他愛靜，她好動。

有了她，他常常走出書房，生活得以調劑；有了他，她有時間看更多的書。在兩人偶爾發生矛盾時，她總是躲進浴室，久久不出來，他呢，在外邊唱〈總有一天等到你〉，她一聽氣就消了。過一會兒，他在外邊壓低嗓子，裝出悲痛欲絕的調子，唱起了〈情人的眼淚〉。這時，她打開浴室的門，走了出來，他和她都笑出了眼淚。

三天過去了，三個月過去了，三年過去了，韓、梁沒有「分飛」，彼此的感情反而愈加深厚。梁實秋「引經據典」說道：「在南宋時候，名將韓世忠娶女將梁紅玉為妻，夫妻恩愛，人所皆知，可見韓、梁兩家早就相親相愛。我們繼承了韓世忠與梁紅玉的好傳統！」

「教授」到底是教授，還考證韓、梁之戀的「歷史淵源」呢！

他們的婚姻生活像一條淵源流長的小溪，任憑多少顆頑皮的小石子，最多也只能激起一些泡沫、一陣漣漪，隨著緩緩流過，卻似乎是永無止境的水波，消失得無影無蹤。他們的滿足與幸福完全是發自內心的，不需要別人了解；任何人的任何言語在他們的感情裡都無足輕重，他們有自己的感情語言，他們滿足於彼此的表達方式。他們不是第三者眼中的七十多歲與四十多歲的戀人，他們只是一對平凡恩愛的夫妻和情侶，他們的內心世界是不會受到任何人打擾的。

生老病死乃大自然的規律，梁實秋垂垂老矣，在與韓共度十二年幸福生活之後於一九八七年十一月三日，不幸離世。

大樹突然倒下，韓菁清一時手足無措，遵照梁實秋的遺囑，她為他選定了高處的墳地。她又為他訂

做了春夏秋冬的四套真絲壽衣，用西非象牙海岸進口的紅木為他趕製了一口紅木棺材。

十一月十一日，在台北市第一殯儀館福壽廳裡舉行了梁實秋遺體告別儀式，午後，在濛濛細雨中出殯，直至安葬於北海墓園……

四維路的家變得一片冷寂，教授遠去，韓菁清陷入「秋的懷戀」中。她默默地整理教授的遺作。每當她重讀那相戀過程中的九十多封信時，她的心中就鼓起了繼續前進的勇氣。

「教授」的老朋友們紛紛發表悼念他的文章。韓、梁之戀，最終得到了公正的評價。

梁實秋台北故居

國家圖書館出版品預行編目資料

那些年我們曾熟悉的情詩情事　/ 秦漢唐 著一 版.

-- 臺北市 :廣達文化, 2013.2

; 公分. -- （文經閣）（文經書海 73）

ISBN 978-957-713-518-6(平裝)

830　　　　　101027476

那些年我們曾熟悉的情詩情事

榮譽出版：文經閣

叢書別：文經書海 73

作者：秦漢唐
出版者：廣達文化事業有限公司
Quanta Association Cultural Enterprises Co. Ltd
發行所：臺北市信義區中坡南路路 287 號 4 樓
電話：27283588　傳真：27264126　　　E-mail：*siraviko@seed.net.tw*
劃撥帳戶：廣達文化事業有限公司　帳號：19805170

印　刷：卡樂印刷排版公司
裝　訂：秉成裝訂有限公司

代理行銷：創智文化有限公司
23674 新北市土城區忠承路 89 號 6 樓
電話：02-2268-3489　傳真：02-2269-6560

CVS 代理：美璟文化有限公司
電話：02-27239968　傳真：27239668

一版一刷：2013 年 3 月

定　價：240 元

書山有路勤為徑
學海無崖苦作舟

文經閣

書山有路勤為徑

學海無崖苦作舟